140字の文豪たち

川島幸希

秀明大学出版会

2017年8月26日

『若菜集』『みだれ髪』『一握の砂』『道程』『月に吠える』『春と修羅』『山羊の歌』等々、第一詩歌集に名著が多いのは、たとえ思想的に、あるいは技巧的に未熟であっても、その１冊に青春のすべてを賭けた著者の思いが、読者の胸に響くからでしょう。又だからこそ、その初版本が欲しくなるのです。

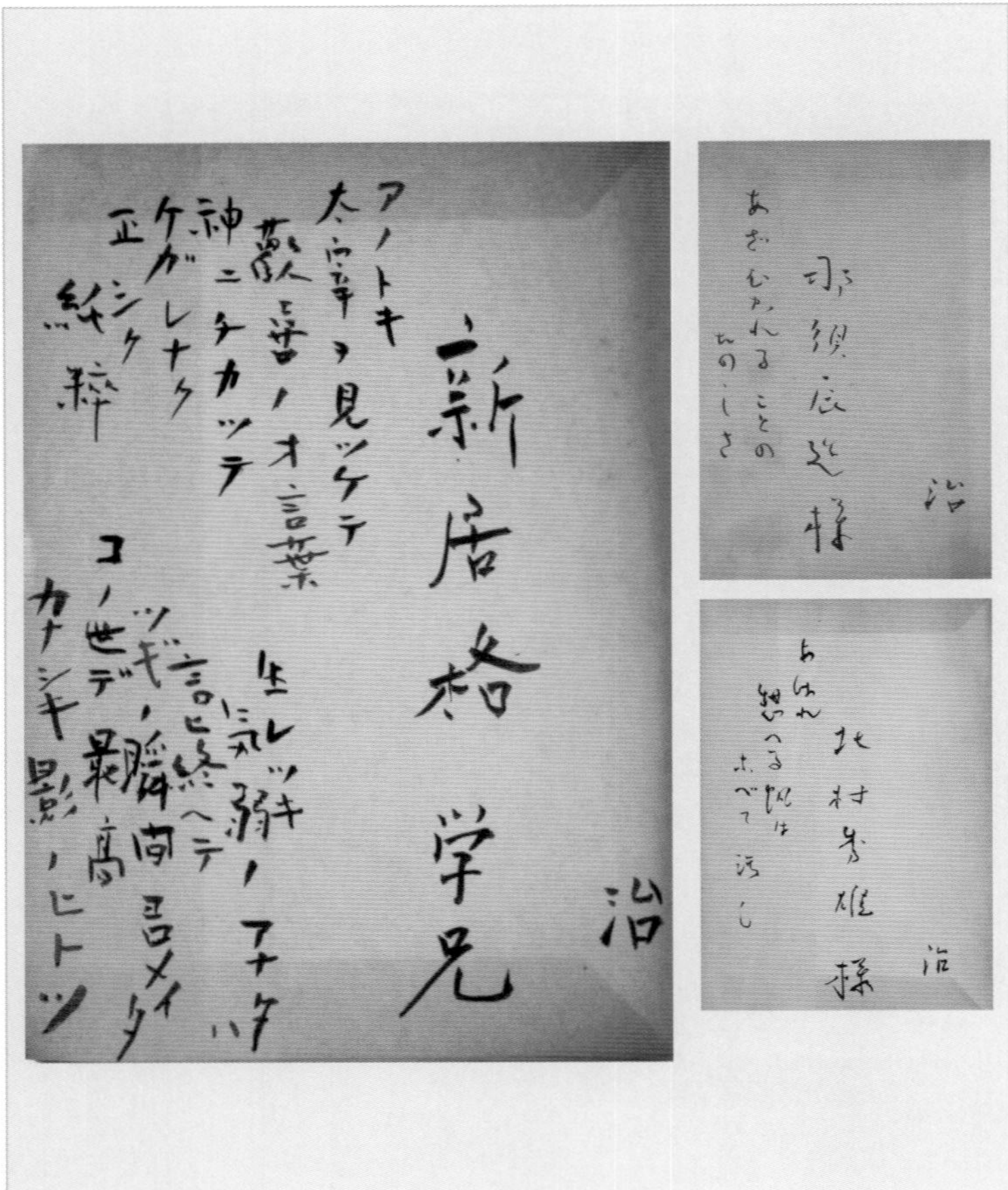

2018年11月2日

太宰治の第一小説集『晩年』の献呈署名識語入り初版本です。処女単行本を「唯一の遺著になるだらう」と考え『晩年』と名付けた太宰は、多くの献呈本に毒を含んだ言葉を添えて寄贈。先輩でも遠慮はありませんでした。どの言葉も太宰らしく、何冊でも欲しくなります。ちなみに新居宛はアンカット本です。

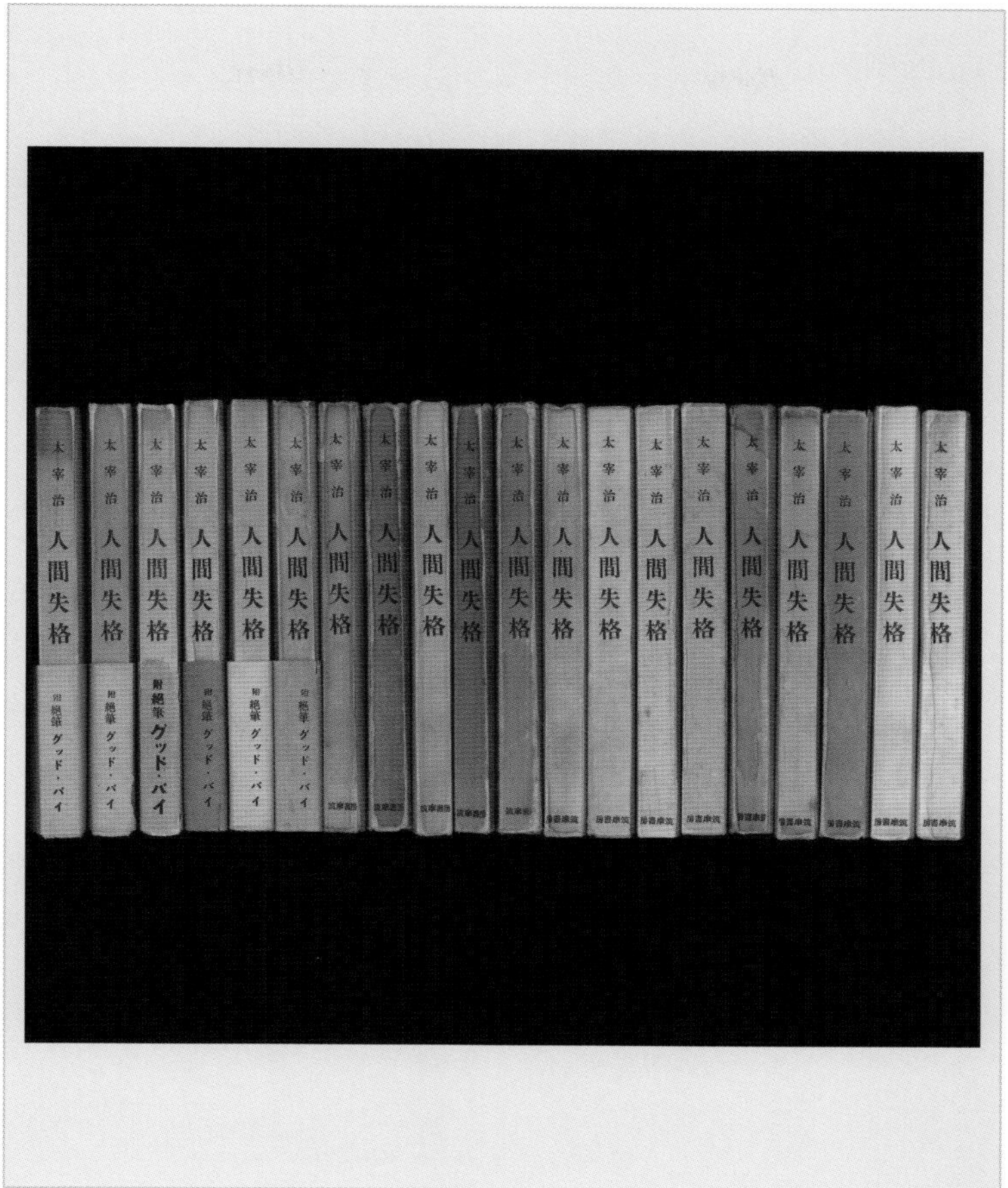

2017年6月2日

一昨年の「太宰治展」で来場者にプレゼントした『人間失格』初版本30冊の内の20冊です。「プレゼントするために買った」のではなく、何となく買っていたら増えてしまいました。でも役に立つ日が来たからよかったと思います。今は帯付本が7冊残っているだけです。

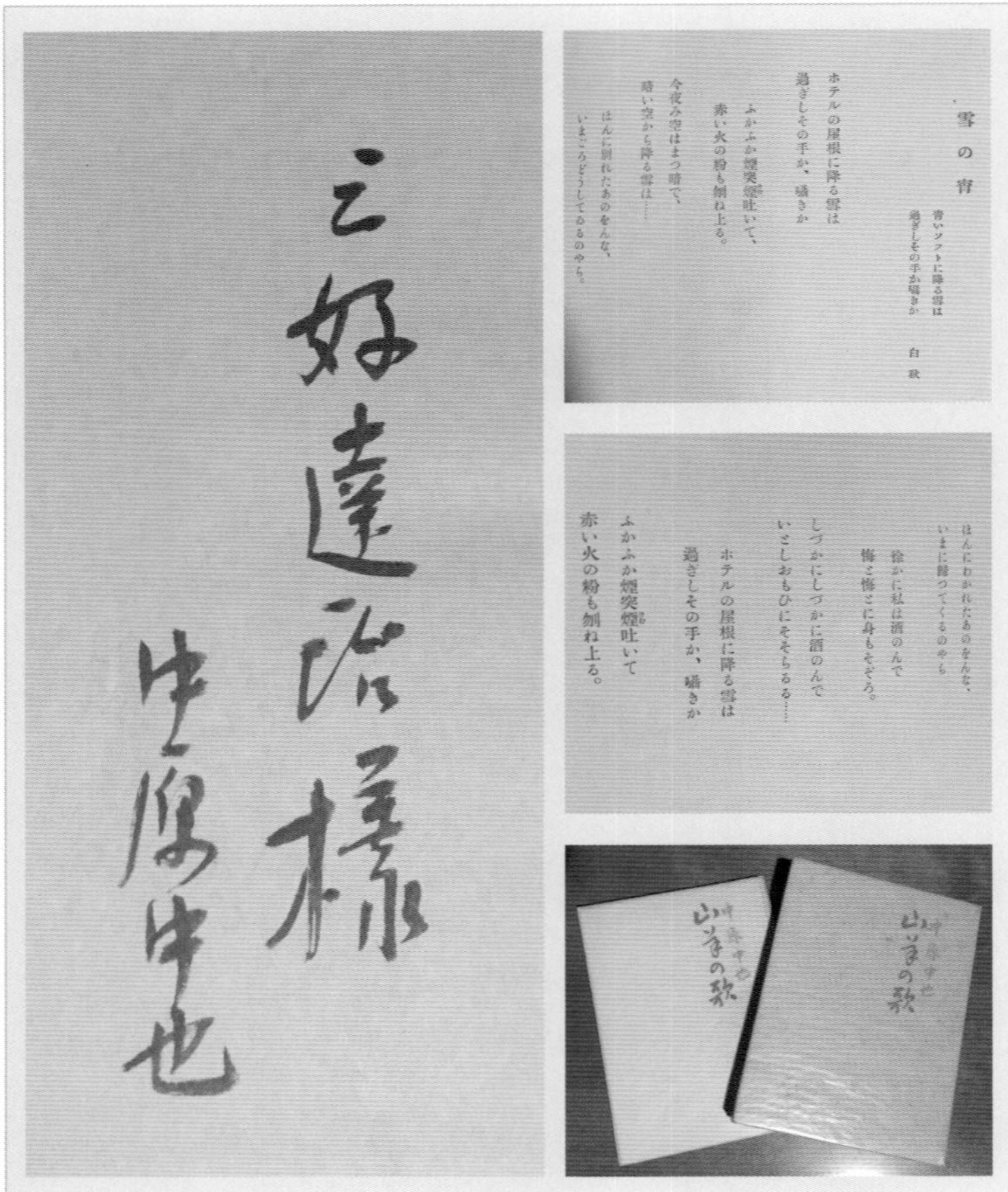

2018年1月22日

雪の降っている地域の方にも、そうでない方にも、今宵は中原中也の『雪の宵』を『山羊の歌』三好達治宛初版献呈署名本からお届けします。舞台は太郎の屋根でも次郎の屋根でもなく、ホテルの屋根です。

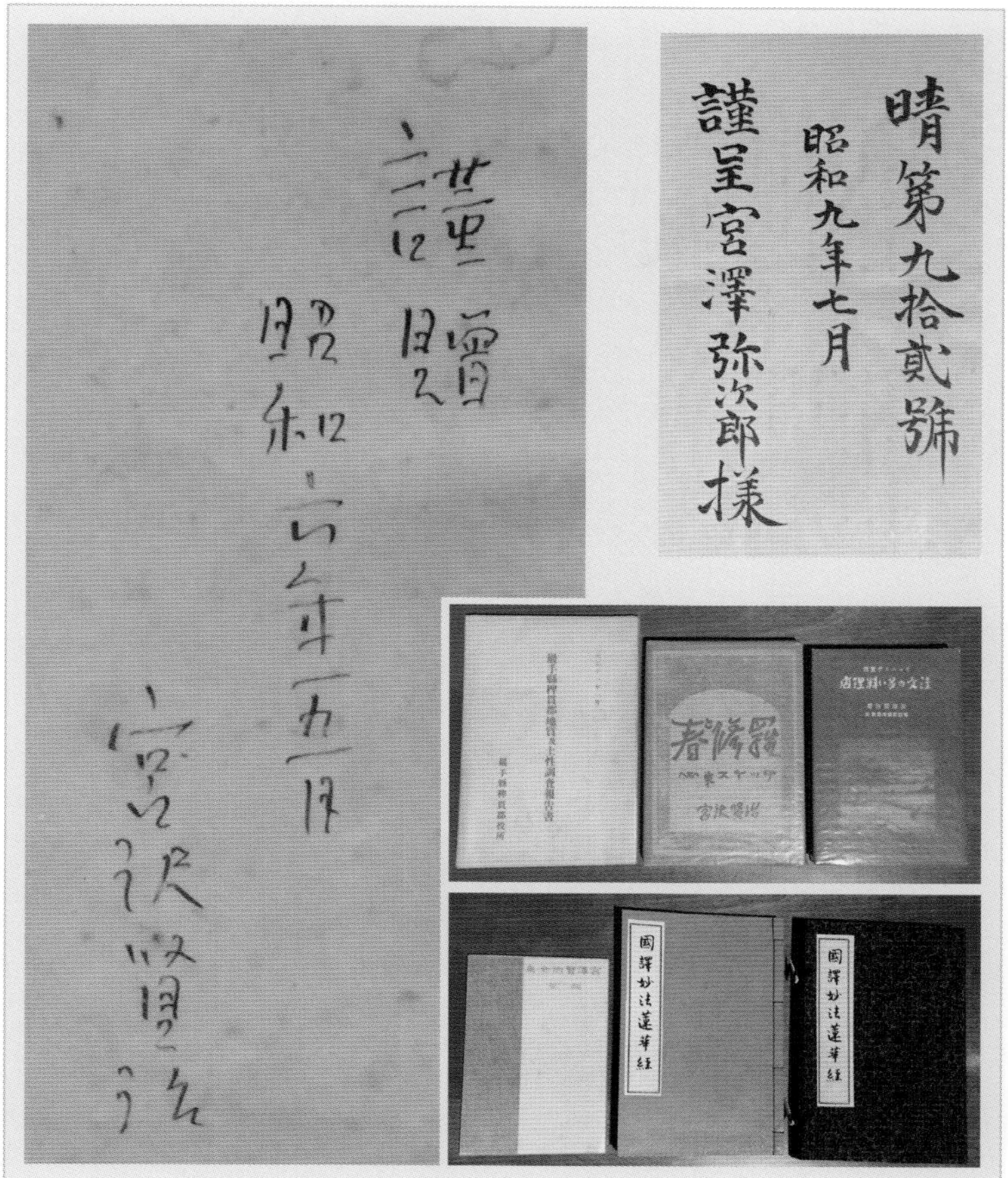

2018年1月16日

芥川賞・直木賞での宮沢賢治の活躍を祝し、生前の３冊の初版本と没後の２冊の配り本をアップします。署名は賢治と父政次郎のものです。

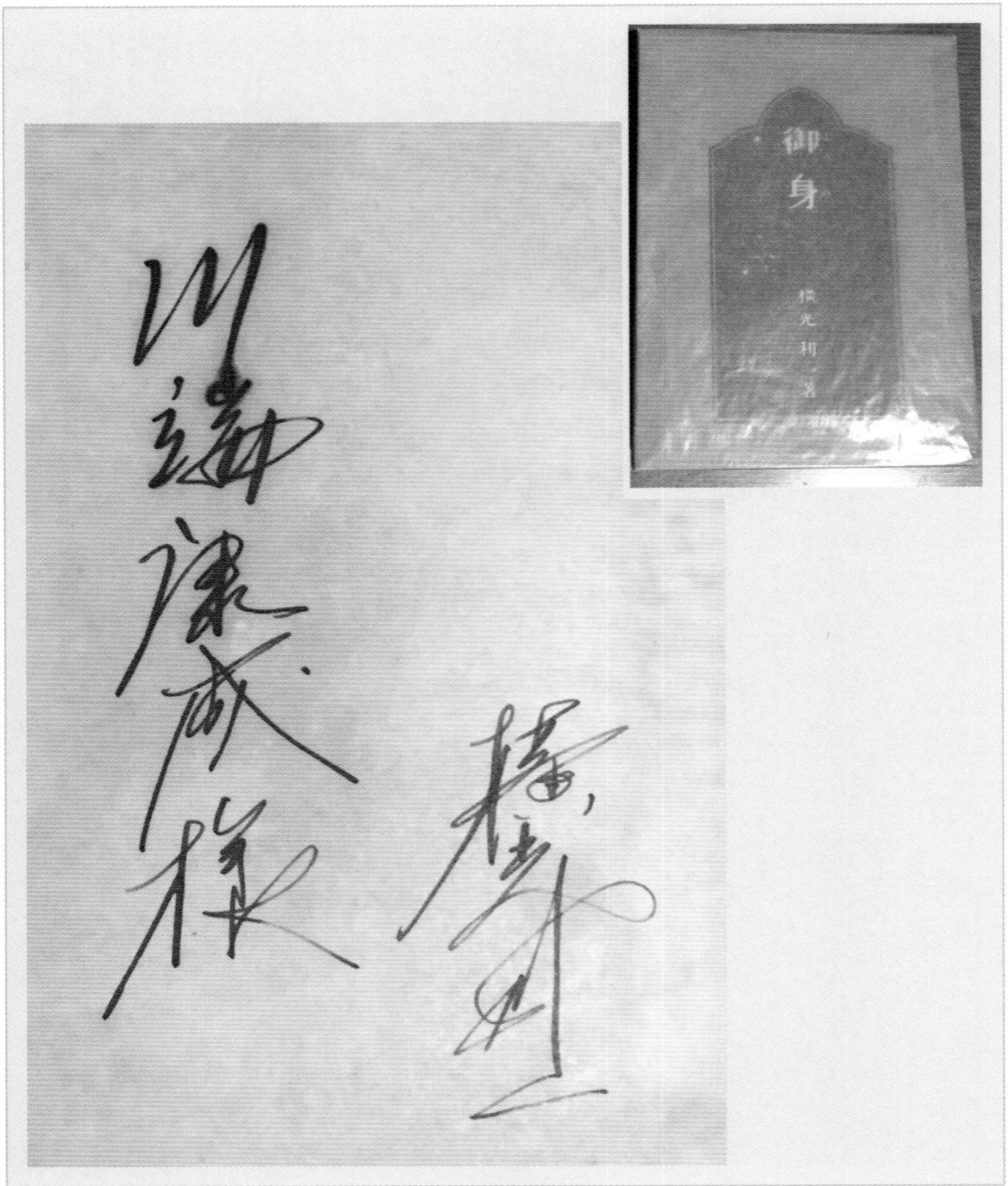

2017年12月30日

今日は横光利一の命日。昭和23年1月3日、葬儀で無二の親友川端康成は「君の名に傍へて僕の名の呼ばれる習はしも、かへりみればすでに二十五年を越えた。君の作家生涯のほとんど最初から最後まで続いた」と最大の賛辞を贈りました。『御身』は新感覚派の旗手の代表的著書。川端宛は「1番本」でしょう。

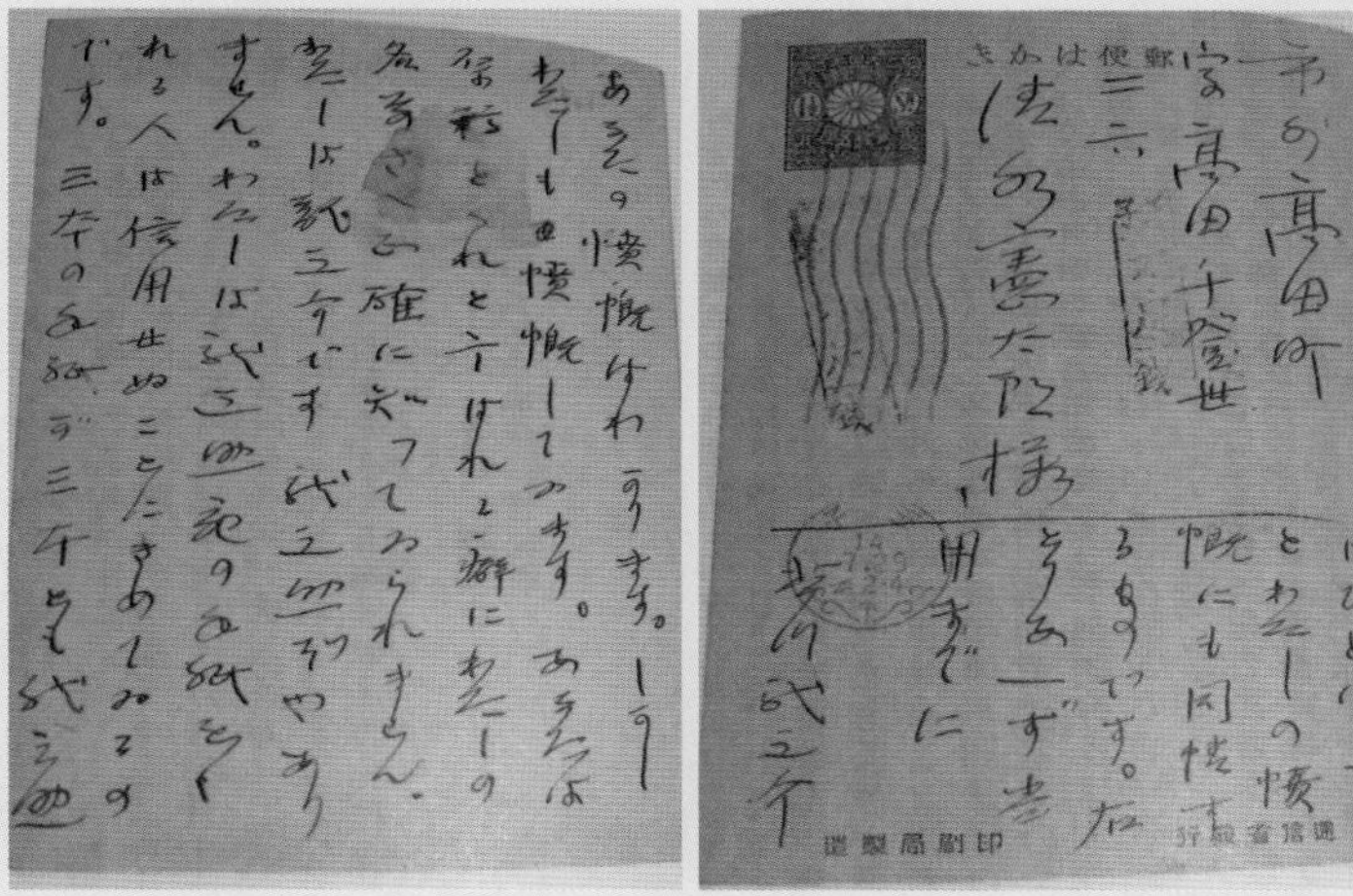

2016年2月14日

芥川龍之介が「龍之助」と3回間違えられてキレた珍しい葉書（全集未掲載）です。「わたしは龍之介です 龍之助ぞやありません。」「三本の手紙が三本とも龍之助はひどい。」とあります。

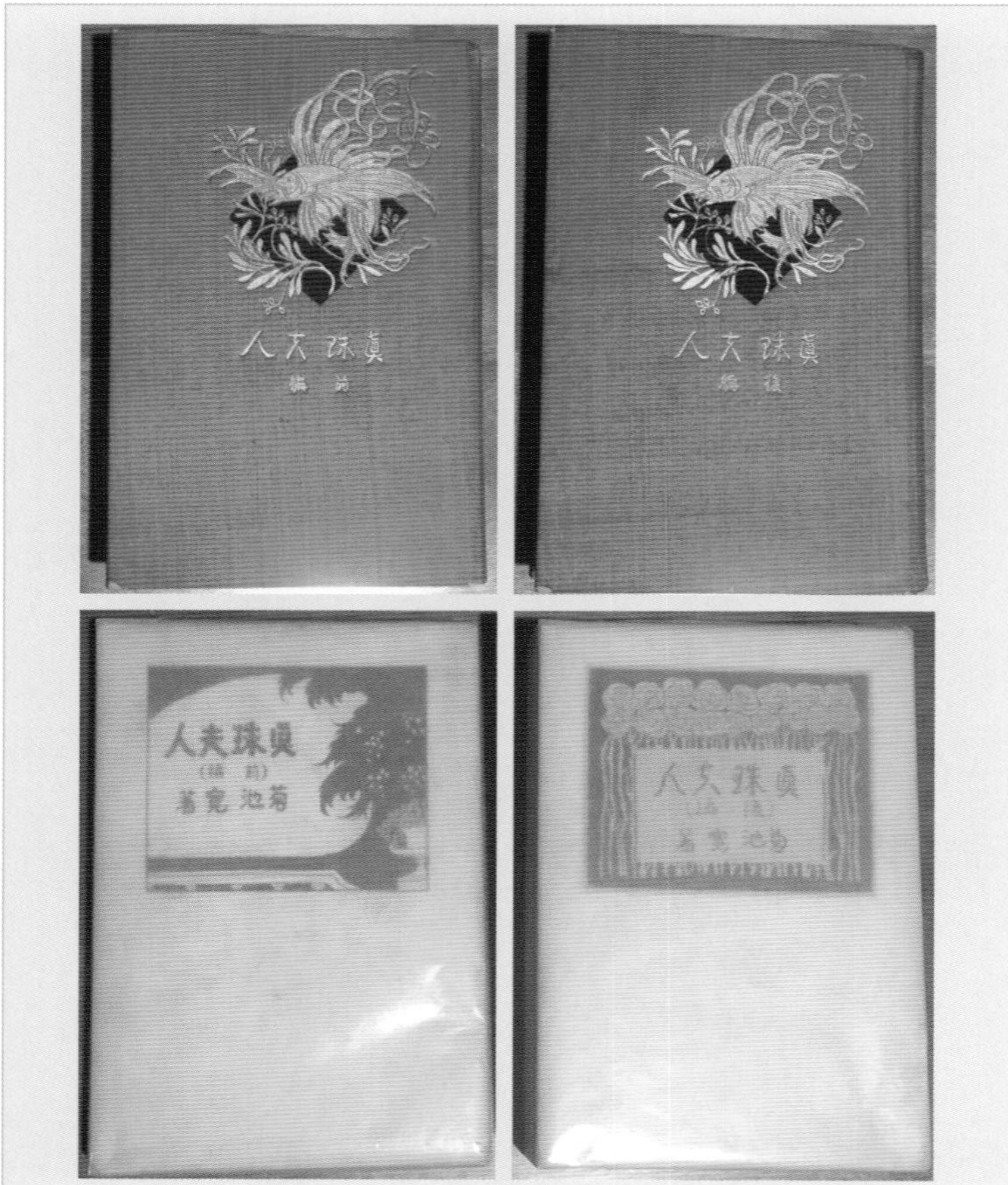

2020 年 1 月 26 日

菊池寛『真珠夫人』前後編 2 冊揃いの初版本を新たに入手しました。これだけコンディションの良い本は久しぶりの登場。『真珠夫人』は、今では菊池の本で一番人気になったようです。理由は言うまでもありませんね。

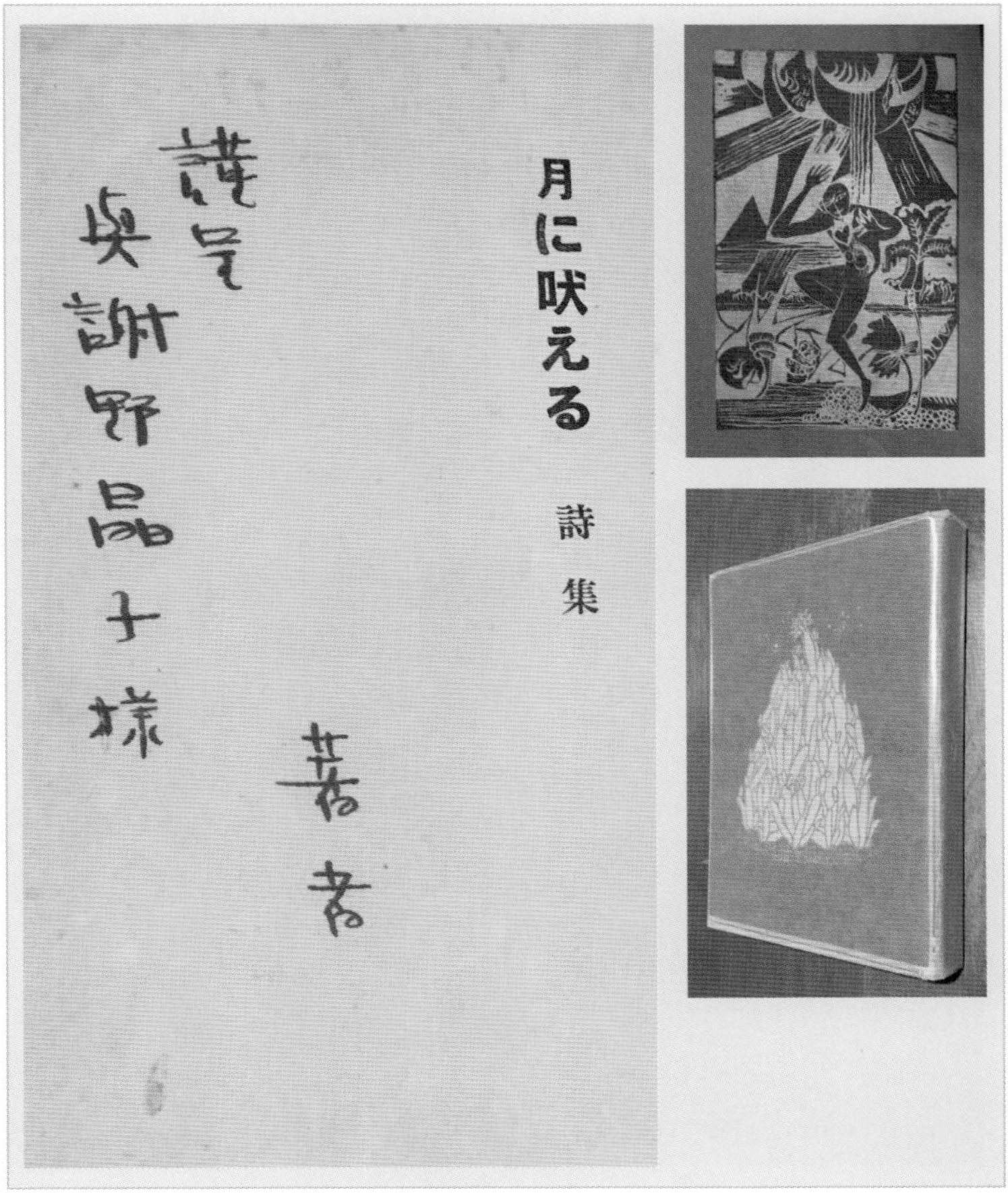

月に吠える
詩集
謹呈
与謝野晶子様
著者

2017年5月11日

萩原朔太郎が与謝野晶子に贈り、晶子が自宅の書庫から持ってきて佐藤春夫に渡し、春夫がその場で読み耽った『月に吠える』初版原本です。一読した春夫は「神経で詩を作ろうとしているらしい」と感じたと回想しています。今からちょうど100年前の話です。

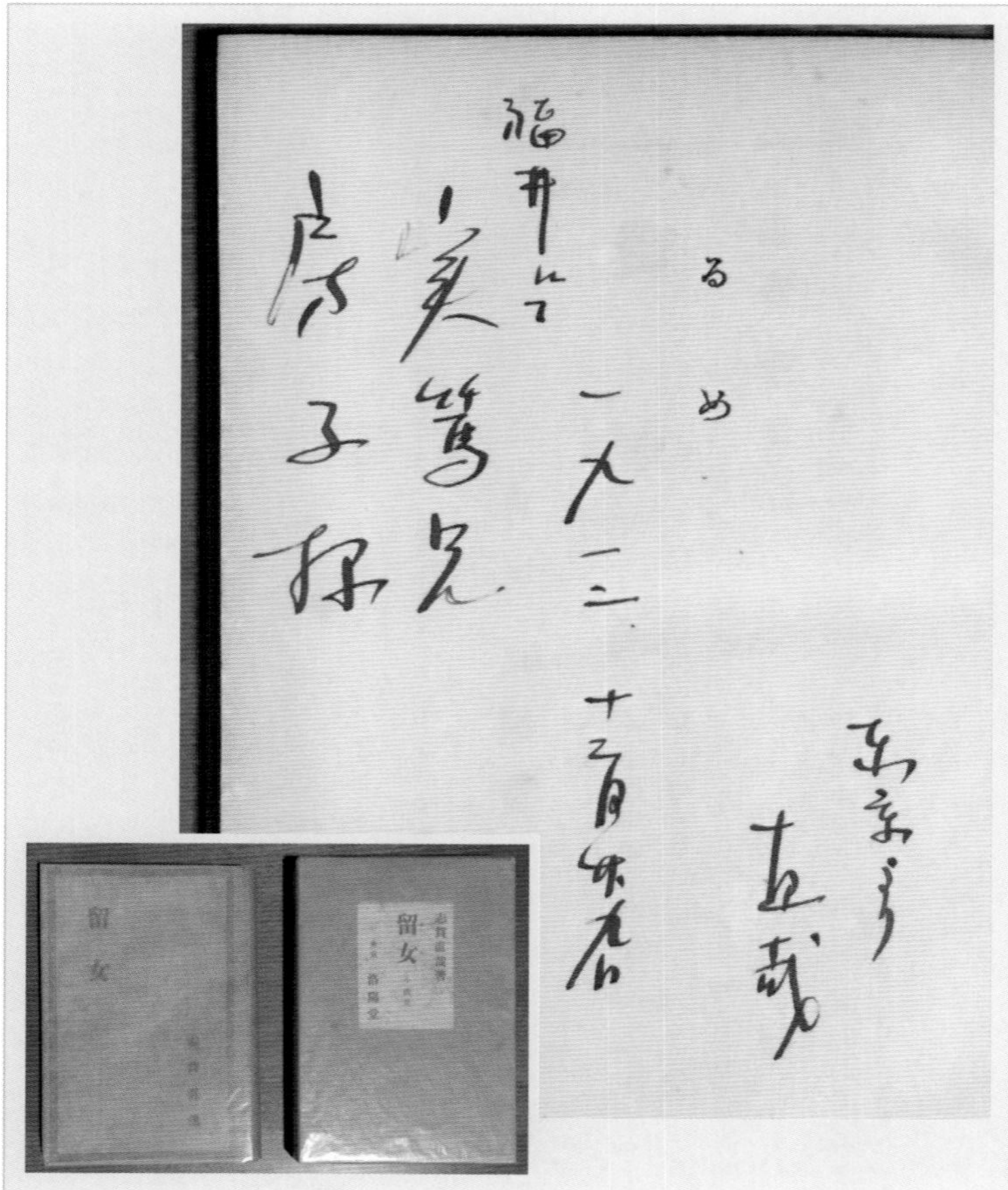

2016年12月29日

104年前の今日、志賀直哉が武者小路実篤に贈った第一小説集『留女』の初版本です。志賀は発行前に届いた少部数の1冊を、妻房子の郷里福井にいた無二の親友に寄贈。翌大正2年1月3日に受け取った実篤は、翌日「早速二つ読んだ、君に逢ひたくなつた。ゆつくり話がしたい」と手紙を書いています。

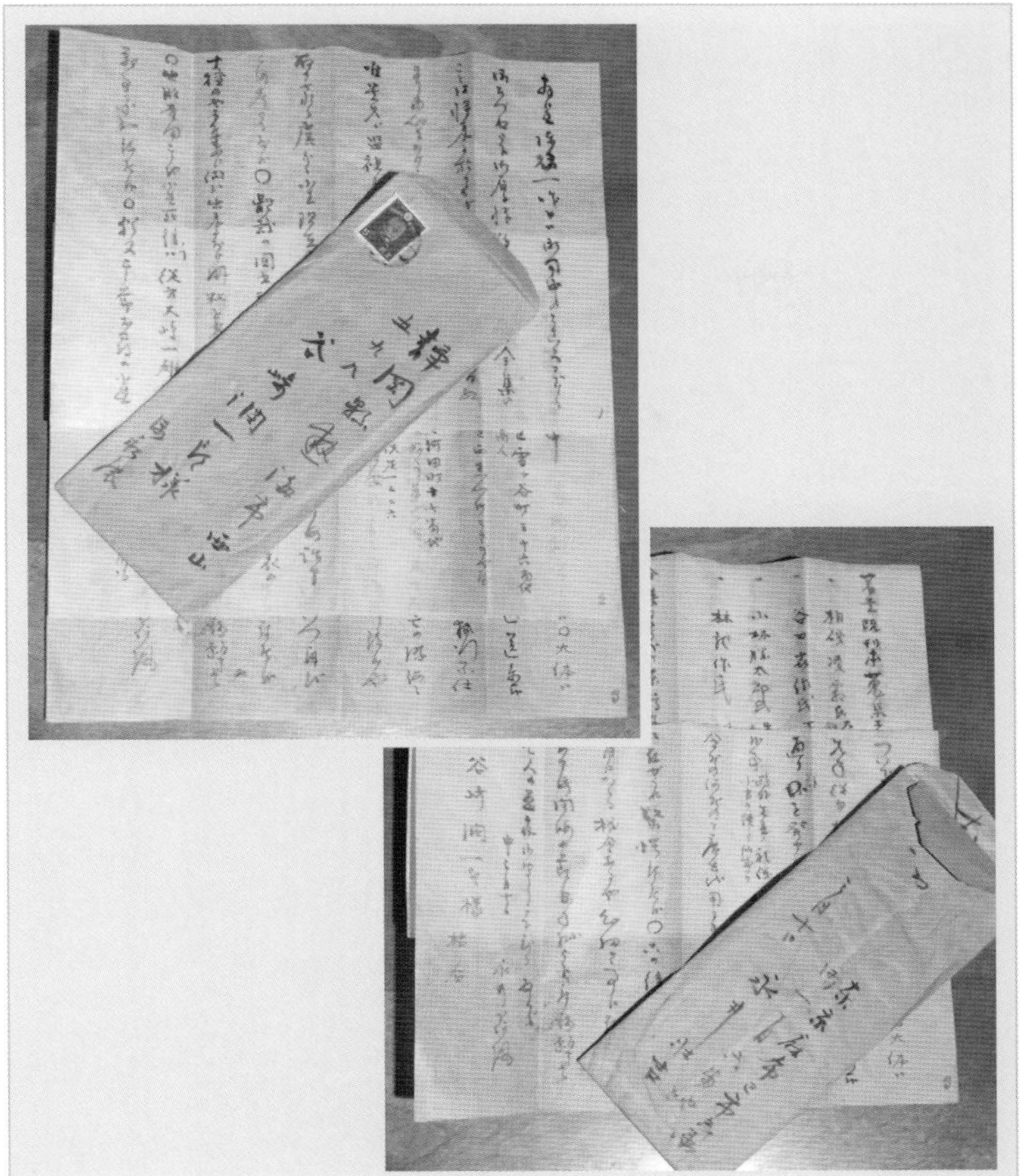

2018年4月2日

永井荷風から谷崎潤一郎宛書簡（昭和19年3月7日）。死を意識した荷風は、谷崎に全集制作について色々と託し、「小生著書既刊本蒐集者」として4人の名前を挙げています。荷風の住む偏奇館は、翌年3月10日の東京大空襲で焼失。荷風が書いて谷崎が読んだ手紙を手にした感動は、言葉にするのが難しいです。

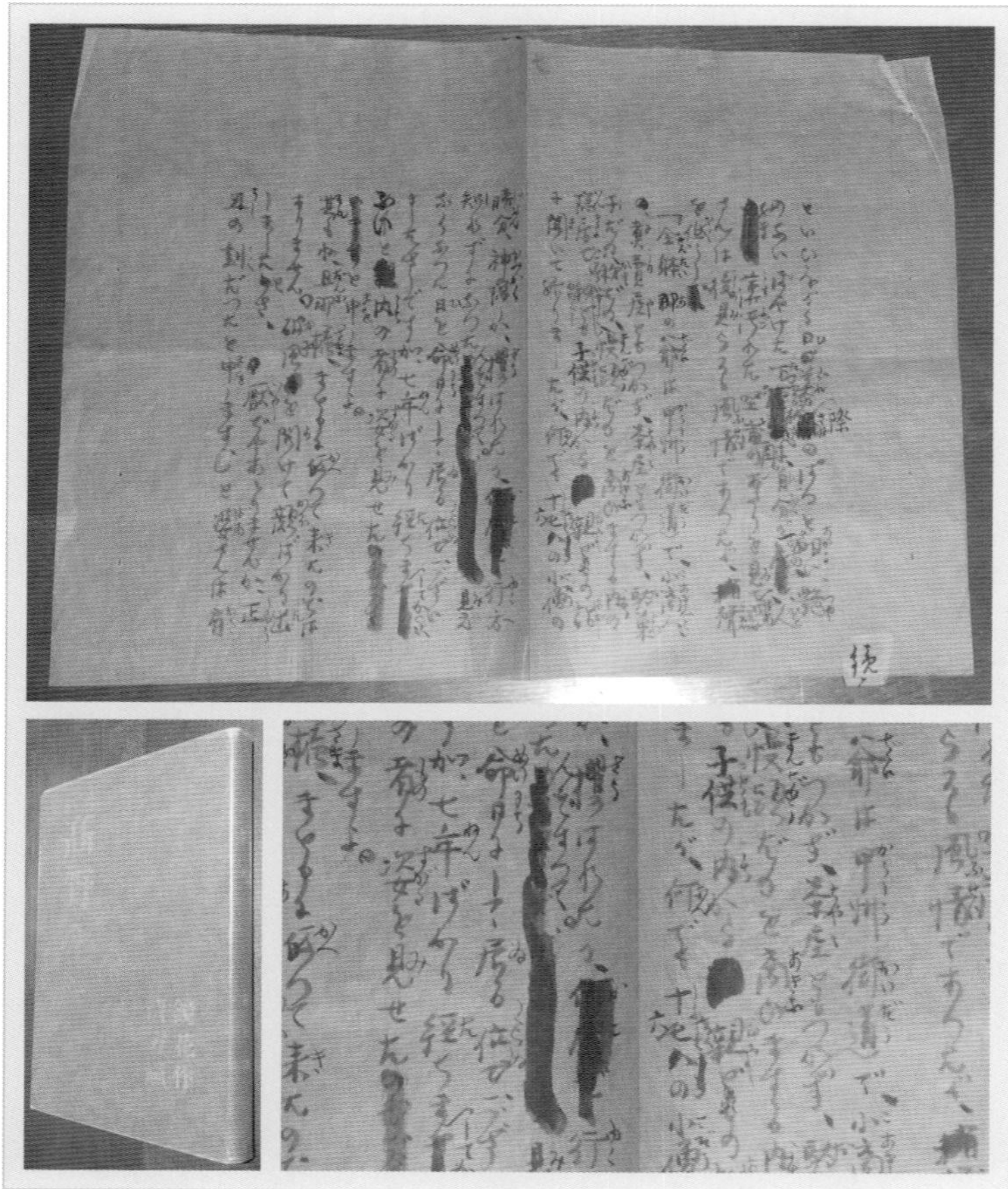

2020年1月5日

泉鏡花が夢に出てきたのは、鏡花研究者の年賀状に「今年は『高野聖』発表120年」とあったのが頭に残っていたのでしょう。ちなみに、単行本は8年後の明治41年に左久良書房より刊行。『高野聖』の原稿は未発見ですが、単行本収録のもう1作『政談十二社』の原稿は現存します。こちらも120年前の執筆です。

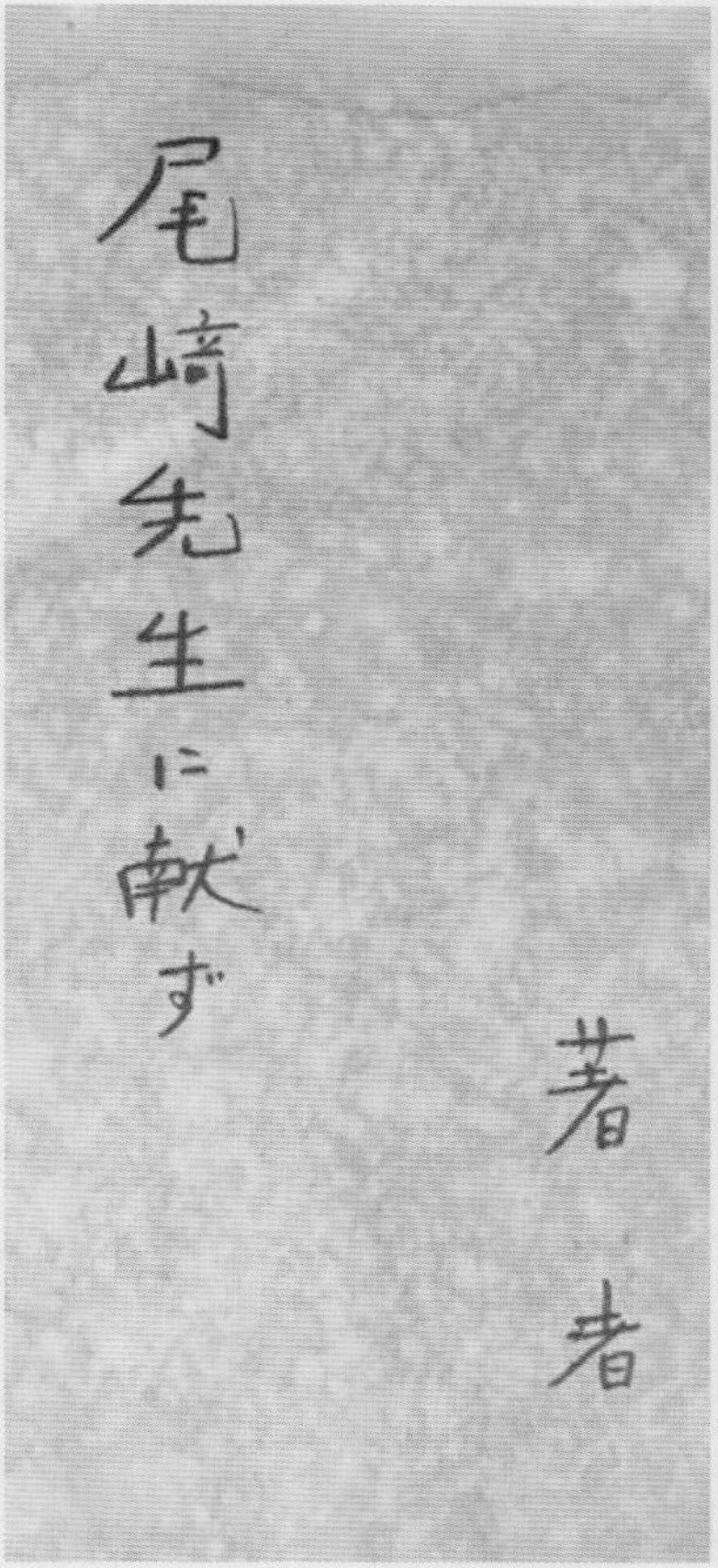

2018年7月19日

第1位 石川啄木『一握の砂』署名本　ヤフオクで商品説明に「見返し紙が表紙の裏に貼付」とあったためか、格安で落札。剥がしたら憲政の神様尾崎行雄宛献呈本でした。啄木の署名本は超稀で、『一握の砂』は3冊のみ現存を確認。署名が姿を見せた瞬間の感動と興奮は忘れられません。# 私が掘り出した初版本

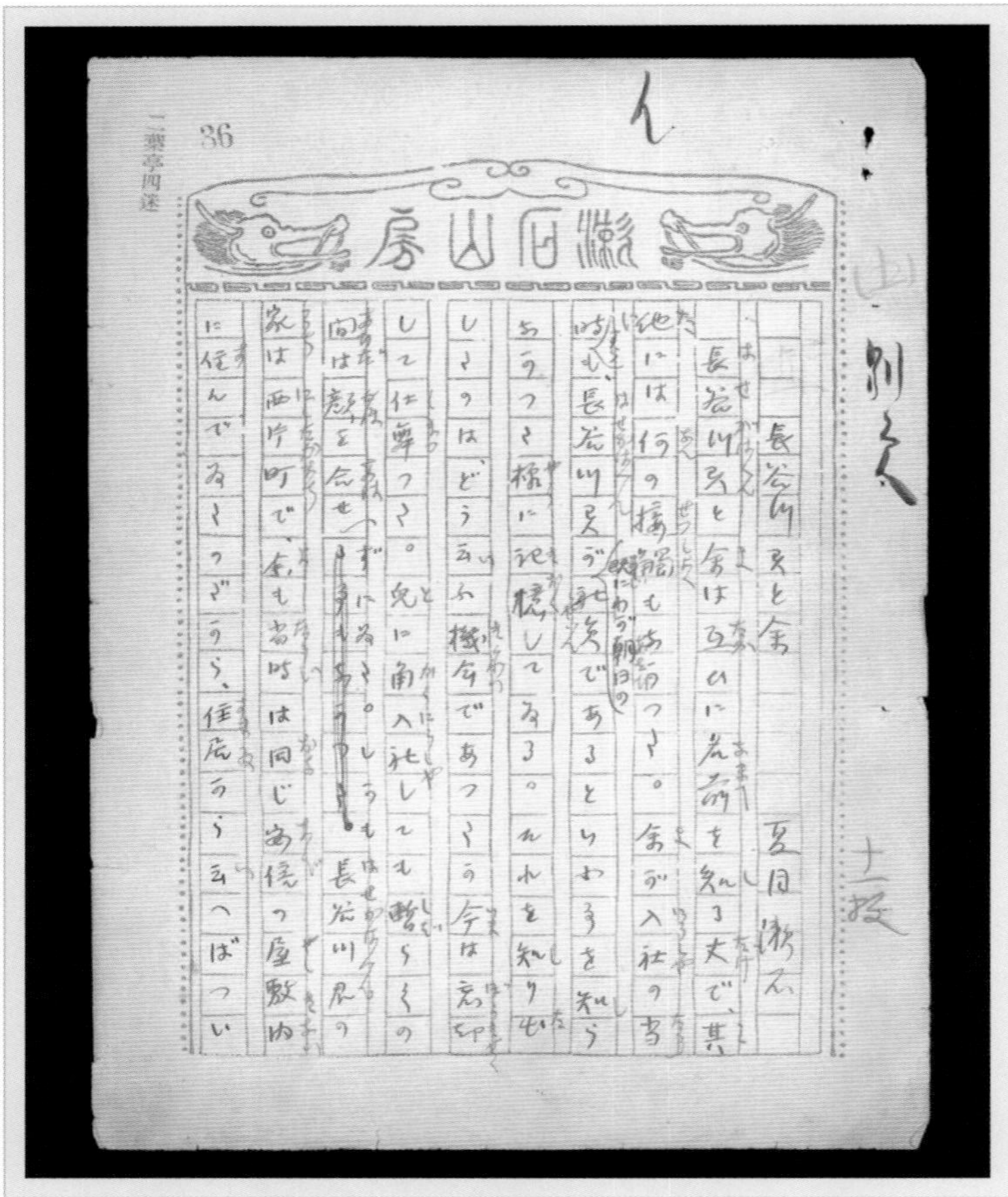

2019年5月10日

今日は二葉亭四迷の命日です。その死を朝日新聞社の同僚夏目漱石が知ったのは5月15日で、日記には「二葉亭印度洋上ニテ死去。気の毒なり。遺族はどうする事だらうと思ふ」と。漱石は葬儀後の数時間で『長谷川君と余』23枚を脱稿。これを入手した時は初めての漱石の自筆原稿だったので嬉しかったです。

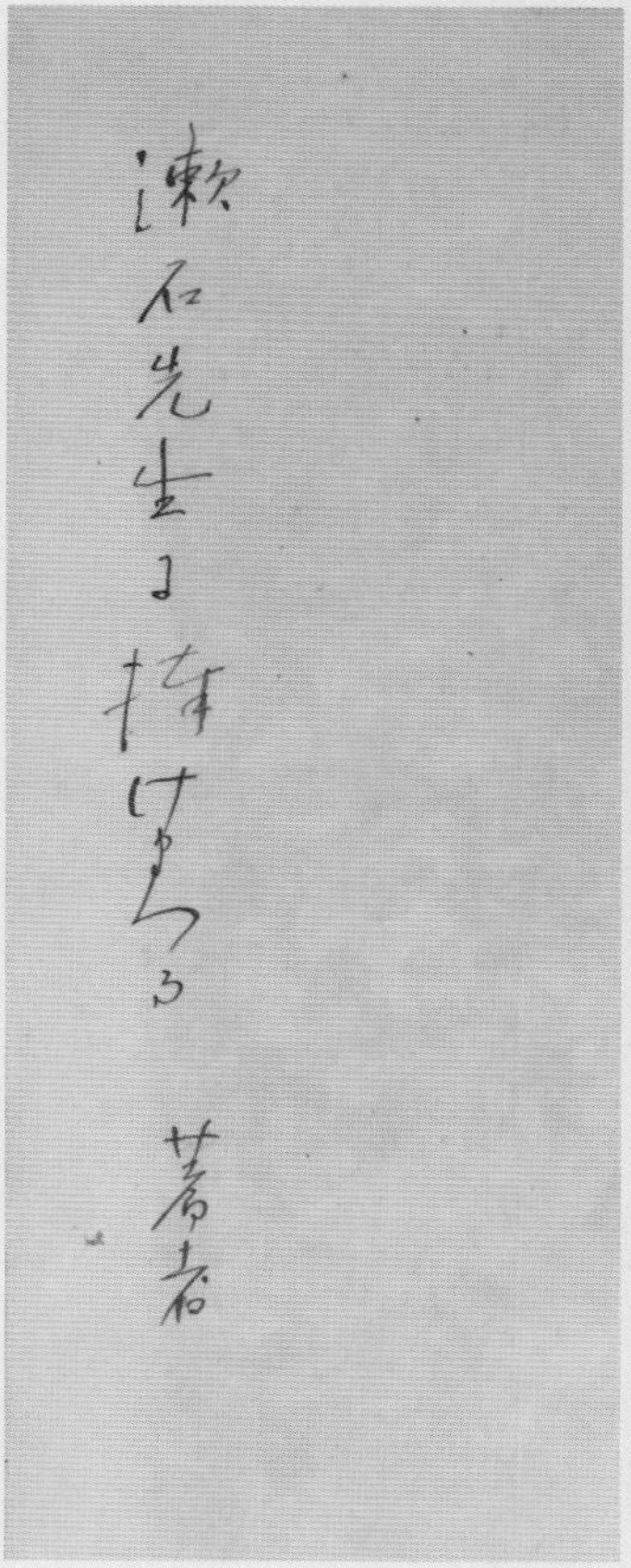

2018年6月6日

森鷗外が夏目漱石に献呈した『涓滴（けんてき）』です。明治43年10月18日の両名の日記に授受の記載があり、漱石は修善寺の大患により入院中でした。鷗外は漱石に6冊の本を贈呈していますが（逆は4冊）、本書以外にも現存するのでしょうか。ちなみに漱石がお返しに贈った『門』は、文京区立森鷗外記念館にあります。

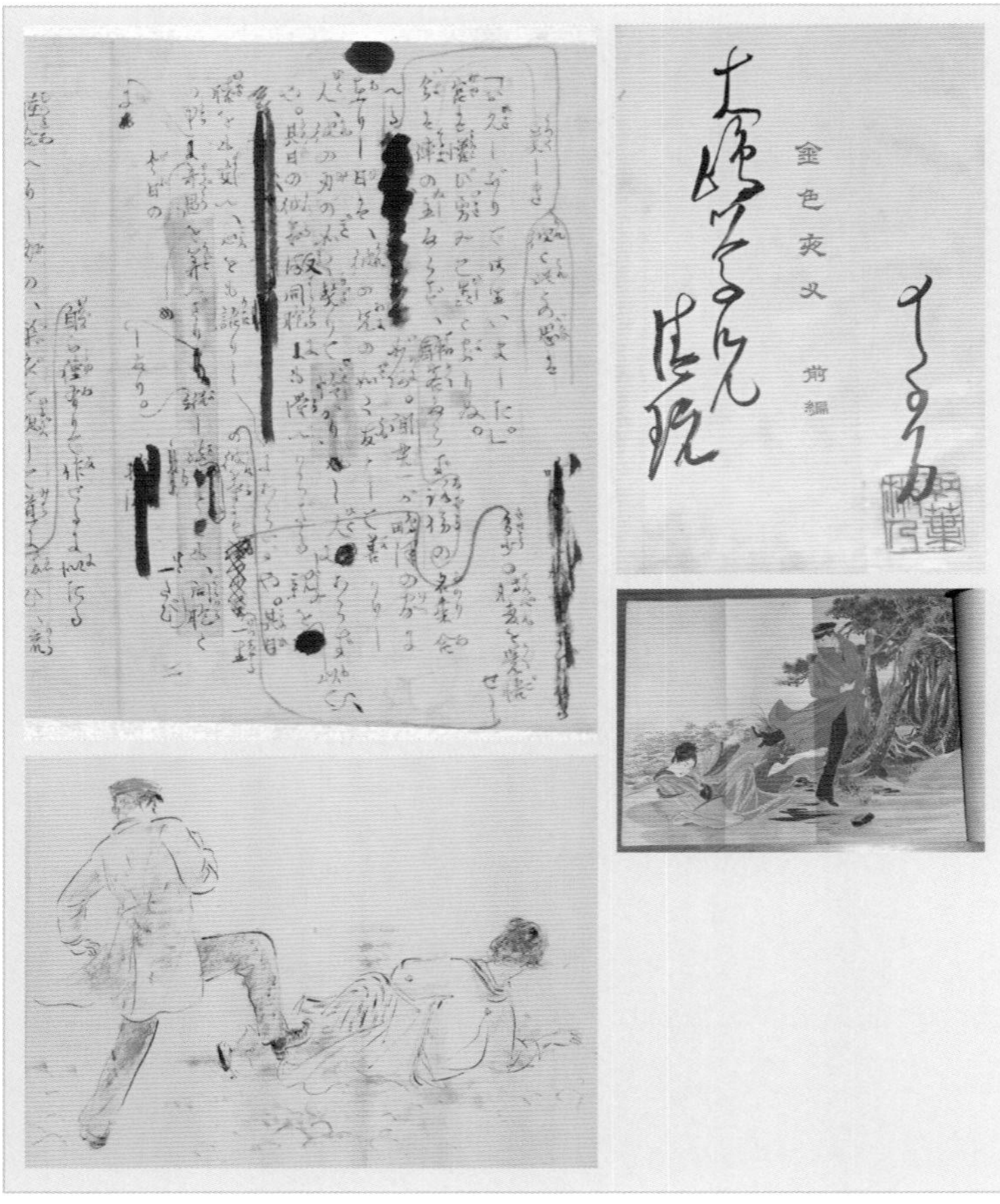

2017年1月17日

本日1月17日の夜は、尾崎紅葉『金色夜叉』の名場面「僕は今月今夜を忘れん〜僕の涙で必ず月は曇らして見せるから」の「今夜」です。そこで『金色夜叉』の自筆原稿・前編初版署名本とその口絵・同じ場面の鏑木清方肉筆画をアップします。雅号「十千万」での献呈で、本書の署名本は他に存じません。

140字の文豪たち

装丁　真田幸治

まえがき

二〇一五年三月にツイッターを始めました。今から五年前のことで、動機は関係する大学で毎年開催していた文学展の告知・宣伝のためでした。その前年の宮沢賢治展がツイッターで話題となっていることを知り、自分でも情報を発信しようと考えたのです。文学展は二〇一五年の太宰治展と二〇一六年の夏目漱石展の二回が残っていたので、それが終わったらツイッターもやめる予定でした。

さて、宣伝効果を上げるためには、文学展に関心のある方々に注目されるツイートをしなければなりません。そこでアカウント名を「初版道」として、日本近代文学の珍しい初版本や署名本、貴重な作家の自筆資料などの紹介をしました。そういうアカウントは、このジャンルでは他になかったし、これならばネタは尽きることなくあったからです。

こういう種類のツイートに需要があるのか、自信はありませんでしたが、すぐにフォロワーの数は順調に増え、漱石展終了時の二〇一六年十一月には五千人近くに達していました。自分では一人もフォローをしていないので、これはフォローバックなしの数字。いわば「実数」です。ツイッターを始めた目的は十分に果たしたと言えるでしょう。あとはアカウントを削除するだけ。しかしその時ふと、フォローバックを一切しない不愛想なアカウントを見続けてくださる方が大勢いるのに、宣伝の必要がなくなったからといって、急に消えてしまうのは失礼ではないか、と気になりました。何だか期待を裏切る感じがします。そこでしばらくの間、ツイッターを続けることにしたのです。

ちょうどその頃、ゲーム『文豪とアルケミスト』（以下文アル）がスタートし、このゲームの愛好者が「初版道」をフォローするようになりました。それまでも、フォロワーの中には『文豪ストレイドッグス』（以下文スト）や『月に吠えらんねえ』のファンがいたものの、文アルの登場によってフォロワー数は飛躍的に伸びたのです。それは、文アルが図書館を舞台にした文学書（しかも近代文学を代表する名著）を巡るゲームだったからでしょう。事実この頃から、ゲームに出てくる初版本に関する問い合わせが目立って増え、さらには作家や作品そのものへの質問も多くなってきました。

文ストや文アルファンの中には、今まで近代文学の作品をそれほど読んでいなかったけれど、マンガやゲームがきっかけで好きになり、それを書いた作家についてもっと深く知りたいという方が少なくありません。そこで、作家のあまり世の中で知られていない言葉やエピソードにコメントを付けてつぶやいたら、とても好評でした。何しろ、ネット上で画像が見つけられないような珍本の紹介よりも、こちらの方が「リツイート」や「いいね」の反応がずっと強いのです。元初版本コレクターとしては複雑な思いもありますが、これがフォロワーの意思。ゆえに、今もこの二本立てのツイートで「初版道」は成り立っています。

本書は、その作家にまつわるツイートを一冊の本にしたものです。作家の名言集やエピソード集は複数存在しますが、他の本では出てこない文献からのユニークな引用が数多くあり、そこに私の文学研究者と古書コレクターの視点によるコメントが入っているところに本書の特徴があります。さらに単行本化にあたり、各ツイートに解説を書き加えました。ツイッターの一ツイートの制限文字数は百四十字しかないので、いつも言葉足らず（八割以上のツイートは百四十字ちょうどで書いたのですが）で申し訳なく感じていました。これで少しは補うことができたと思います。

ところで、帯文に「史実にもとづく」と明記したように、「初版道」のツイートは資料に裏付けされた事実をベースにしています。しばしば作家のエピソードでは伝説が事実のように語られますが、単なるゴシップは排除しました。本書が作家の実像を浮き彫りにし、彼らのさらなる魅力が読者の皆様に伝われば嬉しいです。なお誤字・脱字の訂正や表記の統一などを除き、ここにあるツイートの文章はツイッターにアップしたものと同一です。

最後に、素敵な本に仕上げてくださった真田幸治さん、大須賀貴志さん、山本恭平さん、戸田香織さんと、約一万六千人にまで増えたフォロワーの皆様に心から感謝申し上げます。

二〇二〇年（令和二年）七月

川島幸希

もくじ

太宰治ツイート

初版道 2015年11月23日

今は昔、ある学生に「ら抜き言葉は使わない方がいいよ」と言ったら、「でも太宰治も使っていますよ」と『道化の華』の一節を指摘されました。太宰で返してくるとは憎いですね。

（リツイート）583 （いいね）595

太宰は『道化の華』の中で「葉蔵の顔を見ぬやうに努めた。気の毒で見れなかつた」と書いています。可能と尊敬の区別が難しい場面ではないので、意識的に「ら」を抜いたのではなさそうです。これ以外にも太宰は「ら抜き言葉」を用いていますが、彼以前の作家、例えば川端康成などにも用例はあります。

なおアドバイスした学生は教員志望でした。今でも教員採用試験の面接では、「ら抜き言葉」の使用はマイナス点が付くことがあると元面接委員から聞きました。そういう職種は限られているのでしょうが、「ら付き」の方が新鮮に感じる時代になったのは確かです。

初版道　2018年5月23日

森鷗外に傾倒していた太宰治は、無名時代の昭和10年、「鷗外の作品、なかなか正当に評価されざるに反し、俗中の俗、夏目漱石の全集、いよいよ華やかなる世情、涙いづるほどくやしく思ひ」と『東京日日新聞』に書きました。後年になって漱石も評価していますが、「俗中の俗」とは思い切った物言いです。

（リツイート）155　（いいね）494

鷗外を明治大正第一の文豪と考えていた太宰は、その墓がある三鷹の禅林寺を訪問。「私の汚い骨も、こんな小綺麗な墓地の片隅に埋められたら、死後の救ひがあるかも知れないと、ひそかに甘い空想をした日」もあったものの、「同じ墓地に眠る資格は私に無い」と書きました（『花吹雪』）。

しかし太宰は没後、同じ墓地の、しかも鷗外と向かいの場所に葬られたのです。泉下の太宰は、桜桃忌のたびに鷗外の墓の前も大混雑することに恐縮しているに違いありません。もちろん鷗外は太宰を全く知らないので、桜桃忌の狂騒に驚いているでしょう。

初版道　　2018年2月22日

『人間失格』で「何か面白い本が無い？貸してよ。」と頼まれた主人公は、「漱石の『吾輩は猫である』といふ本を、本棚から選」んでいます。原稿を見ると、最初に「本棚から出」と書いた跡が。恐らく中学生時代の太宰の本棚にもあったのでしょうね。尊敬した芥川の師漱石とのささやかな接点です。

（リツイート）192　（いいね）686

「鷗外派」で夏目漱石に批判的だった太宰が、わざわざ『吾輩は猫である』の名前を出してきたところが興味深いと思います。それだけこの小説の人気は絶大だったということでしょう。

ところで、太宰はどの版で『吾輩は猫である』を読んだのか。太宰の中学生時代は大正十二年から昭和二年。既に岩波書店の『漱石全集』は刊行されていますが、全集の一冊ではロマンに欠けるから、ここは単行本と考えたいところです。そうなると、最初に出版された三巻本（服部書店・大倉書店）か縮刷版（春陽堂）になります。時代からすると、後者の可能性が高そうです。

初版道　　2017年12月12日

小林秀雄は太宰治没後の正宗白鳥との対談で、「太宰つていう人はバカじやありません。ヒステリイです。バカとヒステリイは違いますからなあ。ヒステリイにはヒステリイの智慧がある」と語りました。小林は太宰に中原中也と近いものを感じていたのではないか、これを読むたびにそう思ってしまいます。

（リツイート）241　　（いいね）638

小林はこの対談で「太宰治という人も、ちつとも知らないでいましたが、この間ああいう事件があつて、好奇心にかられ、初めて読みました」と語っています。しかしそれ以前に、『創世記』の書き出しを読み「あゝ、こりやもういかんと思つて後は読まなかつた」と書いているので、厳密には「初めて」ではありません。

太宰と小林は共に東京帝大仏文科に入学していますが、七歳年上の小林は昭和三年卒業、太宰は昭和五年入学（十年除籍）なので、大学での直接の接点はなく、恐らく会ったことは一度もないでしょう。会っても友達にはならなかった気がします。

初版道 2018年4月16日

太宰治は昭和15年11月、旧制新潟高校で講演をしましたが、芥川龍之介も昭和2年5月、同校で話をしています。それを依頼者から聞いたことが、太宰の講演承諾の一因だったのかもしれません。彼は『思ひ出』と『走れメロス』を朗読し、私小説、友情について語りました。太宰の朗読、聞きたかったですね。

（リツイート）122　（いいね）438

残念ながら太宰の肉声は残っていませんが、彼は『津軽』に以下のように書いています。「四、五年前、私は「故郷に寄せる言葉」のラジオ放送を依頼されて、その時、あの「思ひ出」の中のたけの箇所を朗読した。故郷といへば、たけを思ひ出すのである。たけは、あの時の私の朗読放送を聞かなかつたのであらう。何のたよりも無かつた。」

太宰研究家の小野正文が実際にＮＨＫのラジオ放送で聞いたと証言しているから、これは創作ではなさそうです。戦前の話なので、録音テープが保存されている可能性はほとんどないと思われますが、奇跡の発見を望みます。

初版道　2020年2月23日

もし芥川龍之介があと10年生きていたら、作家としての太宰治は、そして彼の人生はどうなっていたでしょうか。芥川賞を目指すことなく、第一小説集のタイトルも『晩年』ではなかった気がします。『斜陽』も『人間失格』も生まれないのは困るけれど、太宰に芥川と話をさせてあげたかったなあと思います。

（リツイート）213　（いいね）1,006

太宰が芥川賞の受賞を望んだ理由に、経済的なこともあったのは間違いありません。しかし、もし「芥川」の名を冠した文学賞ではなかったとしたら、あれだけの執念を燃やすことはなかったでしょう。「芥川龍之介」という名前は、太宰にとってそれだけ特別なものだったわけです。

ただ芥川と会う機会があったとしても、それが「作家太宰治」のプラスになったかどうかはわかりません。憧れの人物と会って幻滅を感じることもあれば、圧倒されてしまい自信を喪失することもあるからです。それでも二人の会話を聞いてみたかったと思います。

初版道　　2019年4月9日

芥川比呂志は昭和21年、『新ハムレット』上演許可のため青森県金木町の太宰治を訪問。津島家の女性たちは「芥川さんのご令息が！」と驚き、女中の一人は「いい男だな」と。太宰はすぐに許可を与え、そしてひっきりなしに話し、笑ったそうです。初対面の比呂志に父龍之介の面影を重ねたのでしょうね。

（リツイート）339　（いいね）1,197

高校時代に芥川の三男である音楽家の也寸志さんとお会いしたことがあります。当時、色々な著名作家の子孫を訪ね歩いたのですが、目的は本人ではないのだから、今思えば失礼な話でした。しかし、どなたも優しく親切で、こちらの意図を知りながら丁寧に応対してくださいました。

　也寸志さんの言葉で印象的だったのは、「皆さん私の後ろに父の姿を追っているのでしょう。それは仕方がないことです」と言われたことです。太宰もまた同じだったのではないでしょうか。ツイートのエピソードを知った時、何となくほっとしたのを覚えています。

初版道　2017年1月16日

太宰治くらい行状が批判される作家も少ないですが、「谷崎も大学除籍だし、啄木も借金まみれだし、芥川も妻以外の女性がいたし、有島も心中しています」と擁護する人には、「全部当てはまるのは太宰だけ」などと混ぜ返さないで、「小説家は小説の魅力がすべてだから気にしないで」と言ってほしいです。

（リツイート）380　（いいね）581

作家はどんなに立派な人格者であっても、平凡な作品しか書けなければ読者は付かないし、後世に名が残ることもありません。逆にどんなに破滅的な性格でも、作品が素晴らしければ作家としての名声を得ることができます。しかも太宰は、小説の魅力が抜群なだけでなく、あれほど周囲の人に迷惑をかけながら、誰よりも愛された稀有（けう）な人物でした。それだけ人間的な魅力にも溢れていたわけで、会ったことがない後世の人間が、彼の行状をとやかく言うのは無意味でしょう。

「あれだけ人生と表現を教えてくれた人はおりません。」新潮社の編集者野平健一の言葉です。

初版道 2020年5月3日

佐藤春夫が太宰治と初めて会ったのは昭和10年8月。「作品を見て既にその感のあつた自分は彼と面会するに及んで更に芸術的血族の感を深くした」と後に書きました。春夫の桜桃忌初参加は昭和29年で、太宰の遺孤の成長を見たと記しています。子供たちに向ける眼差しは温かいものだったに違いありません。

（リツイート）81　（いいね）383

春夫はツイートの文に「わがままでなまけもの、それも骨の髄からさう出来上つてしまつてゐるといふ一種のロマンテイック性格者である」と続けています（『尊重すべき困つた代物―太宰治に就て―』）。この文章が掲載された『文芸雑誌』は『晩年』を刊行した砂子屋書房の雑誌。「太宰治を語る」特集号で、他の執筆者は井伏鱒二・檀一雄などでした。

ちなみに同号に掲載された太宰の『陰火』の原稿は、『晩年』所収作品で現存が確認されている唯一のものです。同書房社主の山崎剛平が戦後もずっと所蔵していましたが、今は山梨県立文学館に収蔵されています。

初版道　2017年12月17日

坂口安吾は太宰治の文学の本質を実によく見抜いていました。「自ら孤独をいたはることは文学ではない」「太宰は文章家としてのカンと、やはり戯作者だといふ点・・・彼は戯作者稟質を持つ、僕はそこを買つてる」「彼の小説には、初期のものから始めて、自分が良家の出であることが、書かれすぎてゐる」

（リツイート）140　♡（いいね）503

ツイートの最初の文の前には、こう書かれています。「文学とは、告白のせつない愛撫に溺れないこと、その告白を書かないこと、その告白を抑へつけ、さうして逞しく出発するところから漸くはじまるのであらう。作家は誰しも孤独であらう。」

安吾の太宰批評は終始厳しいものが多い印象ですが、的確に太宰文学の特徴を理解していると思います。その一方で、告白を書き、逞しく出発できなかったことが、太宰の小説が今でも愛読される一因であるのもまた事実でしょう。二人の文学の間には、単純に「無頼派」と一括りにできない溝があったのです。

初版道 2018年7月14日

太宰治・坂口安吾・織田作之助の３人は、織田が亡くなる２か月前に対談しています。その最初の話題が「小股のきれあがつた女」。「小股といふのはどこにあるのだ？」という安吾の問いに、太宰は「アキレス腱さ」と答えています。今はほとんど使われない表現ですが、興味のある方は調べてみてください。

（リツイート）325　（いいね）964

「小股のきれあがつた女」とは、一般に足がすらりとして小粋な女性のことを指しますが、「小股」の場所は、足の指・膝から太腿・股・うなじ・目・口など諸説あって確定できないようです。太宰の「アキレス腱説」も有力で、足首が細いということなのでしょう。

この対談『歓楽極まりて哀情多し』は、太宰の生前には発表されず、『読物春秋』の昭和二十四年一月号に掲載されました。他の話題も「振られて帰る果報者」とか「女を口説くにはどんな手が……」など他愛もないものばかりで、無頼派の三人が揃ったこと以外にあまり意味はなさそうです。

初版道 2018年7月26日

太宰治・坂口安吾・織田作之助の対談より（「どんな女がいいか」） 太宰「おれは乞食女と恋愛したい。」 安吾「ウン。さういふのも考へられるね。」 織田「もう何でもいいといふことになるね。」
これが無頼派らしい会話なのかはよくわかりませんが、志賀直哉が読んだら不快感を催すのは確実でしょう。

（リツイート） 313 （いいね） 1,207

志賀は『太宰治の死』の中で、永井荷風の『踊子』が発表された時、「荷風氏のものでは場面の描写にも節度があり、醜さも醜いと感じさせないだけに書いてあるが、その感覚を持たない亜流に節度なく、かういふ事を書き出されては困ると思つた」と書いています。そうしたところに織田の『世相』が出て「きたならしい」と言ったとも。

思えば志賀もまた、若い頃は古い作家や評論家に酷い言葉を浴びせられたものでした。彼にしてみれば、自分がかつて通った道だったのかもしれません。ただ、受け手の側の性格に、あまりにも大きな違いがあったのです。

初版道　2019年12月10日

隣のテーブルにいたご婦人の「織田君よくやった」という言葉を小耳に挟み、太宰治の「織田君！君は、よくやった」をお茶の席で話題にするとは、何と素敵な方だろうと思ったら、フィギュアスケートの選手の話題でした。「『織田君の死』ですね」などと、得意げに話しかけなくて本当によかったです。

（リツイート）119　（いいね）628

最近は文ストや文アルの影響もあり、中高年の男性客率九十九％の古書展で若い女性客を時折目にします。先日も二人で来ている方がいて、視線が合った時「あれっ」という顔をされたので声を掛け、手にしていた泉鏡花の生前の初版本を「お買い得な金額ですね」と。

後で、もしかしたら勘違いで、「変なオヤジに話し掛けられた」と不快に感じたのではないかと案じてツイートしたところ、お二人から連絡がありました。やはり私のことを知っていて、初めて古書展に行って心細い中、話ができて嬉しかったとあり一安心。ちなみに鏡花本は買ったそうです。

初版道　2018年12月23日

横光利一によれば、芥川龍之介は「逢ふと必ず志賀直哉を賞めてゐた人」だったそうです。太宰治が志賀の批判に過剰な反発を示した一因は、敬愛する芥川が一目置くほどの人物だからこそ、認めてほしいという思いの裏返しでしょう。「二行でもいいから讃めて貰へばよかつた」井伏鱒二の志賀への言葉です。

(リツイート) 300　(いいね) 957

坂口安吾も「太宰が志賀に腹を立て「如是我聞（にょぜがもん）」を書いたことは事実であり、その裏には、志賀にほめてもらいたいような気持がなかつたとはいえない」(『志賀直哉に文学の問題はない 織田作、太宰、そして……』)と分析しています。

安吾や私の推測が当たっていたかはわかりません。しかし、『如是我聞』執筆にあたってのエピソードを読むとそう思いたくなります。太宰は「おい、志賀チヨクサイの本はなかったかね。何かあるだらう」と言って長時間妻と探し、とうとう見つかりませんでした。その時の太宰の言葉がとても印象的です。「縁がないんだねえ。まあいい。」

初版道　2019年6月8日

「太宰治が好きなので、志賀直哉の小説は読みません」という方に会いました。太宰の小説も志賀の小説も好きな者には驚きの発言ですが、誰の作品を読もうが個人の自由であり、人間太宰を愛する人にとっては、ありえる発想なのかもしれません。

（リツイート）195　（いいね）621

冒頭の言葉は、志賀は太宰の心を深く傷つけた人物だから、その小説は読まないということのようです。ただ志賀のファンからすれば、二人の言い争い（論争と呼ぶレベルの話ではなかったと思います）の直後に太宰が自殺したことで、志賀がすっかり悪役になってしまったのも事実だから、太宰の小説など読みたくもないと考えるかもしれません。

堀口大学を愛する知人は、彼の詩を公衆トイレの落書きにも及ばないと酷評した日夏耿之介を憎み、その名前が出てくる本は絶対に買わないと言っていました。熱狂的な信者とはそういうものなのでしょう。

初版道　2019年1月8日

三島由紀夫は「率直に申し上げますと」とか「正直に言わせてもらえれば」といった前置きが嫌いでした。「一言のいつはりもすこしの誇張も申しあげません」とか「生涯いちどの、生命がけのおねがひ申しあげます」と手紙の冒頭に書く太宰治は、そうでもなさそうです。

（リツイート）189　（いいね）837

「拝復　いつもお手紙に葉書が添へられてございますので、あんなに長い御手紙を、しかも大先輩からいただき、こちらも手紙で御返事をしたいのに、でも、葉書が同封せられてゐますので、この葉書に書かなければ失礼に当るかしらん、と考へて、泣き泣き（すこし誇張）あの葉書で御返事申してゐるのです。」（昭和二十一年四月三十日付、太宰から河盛好蔵宛書簡）

三島が見たら憤慨しそうなほど長い前置きですが、実はこの後も延々と続き、三倍近くの分量になっています。結局太宰が言いたかったのは、「葉書を同封なさらないで下さいまし」でした。

初版道　2018年10月23日

三島由紀夫は「何がきらひと云つて、私は酒席で乱れる人間ほどきらひなものはない」と書いています。三島が中原中也と酒を飲んだら、間違いなく大嫌いになっていたでしょう。ちなみに酒席で中也に絡まれ、三島にもその文学が嫌いだと言われた気の毒な作家は太宰治。それでも太宰は酒が好きでした。

（リツイート）214　（いいね）629

太宰に『酒ぎらひ』という作品があります。タイトルとは裏腹に、作者がいかに酒好きかよくわかる大変面白い小品です。その中で太宰は、自分は弱い男だから、酒を飲まずに三十分も対談していると、へとへとになって卑屈におどおどしてくると書いています。これは本音だと思います。

ところで太宰と面識がなかった内田百閒は、有名な銀座のバー・ルパンで撮影された写真を見て、「酒の徳を太宰君の吹き抜けの気持が体する事が出来てこの神品のやうな写真になつた」と語っています。太宰に聞かせたら恐縮したでしょうね。

初版道 2018年10月14日

志賀直哉と三島由紀夫が『斜陽』の敬語の使い方を批判したのは有名ですが、ドナルド・キーン氏は、外国語訳で読めばその「欠点」は消えてしまうから、二人も最後まで読んでくれたかもしれないと書いています。もっとも、三島は太宰治の「自己憐愍（れんびん）」を嫌い、太宰文学の英訳に猛反対したそうです。

（リツイート）195　（いいね）586

中学生の時、英語ができるようになりたいと思ったのは、ビートルズが歌詞カードなしで聴き取れることと、シャーロック・ホームズを原書で楽しめることが、小学生の頃からの夢だったからです。しかし高校時代にホームズ物を英語で読んで愕然としました。何度も読み返した新潮文庫の延原謙の訳が頭から離れず、英文を見ても延原訳が自然と出てきてしまったのです。

『斜陽』の英訳に初めて触れた時も似たようなことが起き、太宰の日本語の表現を覚えているので、「欠点」の部分の訳ばかり気になりました。母語で先に読んだ場合のマイナス面だと思います。

初版道 2018年12月13日

三島由紀夫の「僕は太宰さんの文学はきらひなんです」は有名ですが、太宰が亡くなった年に「太宰が何故死んだかといふ問題だが、民衆にうつかり白い歯を見せてしまつたので、民衆が寄つてたかつて可愛がつて殺してしまつたんだと僕は思ふんだ」と語っているのはご存知でしょうか。意味は不明です。

（リツイート） 1,464　（いいね） 5,012

三島は高校生とのインタビューで、「太宰を見ていつも危険に感じるのは、もし自分がね、太宰を好きで太宰に溺れればね、あんな風になりゃしないかって恐怖感もあるわね。だから自分は違うんだっていう立場を堅持しなきゃ危ないと思ったんですね。太宰の作品読んだ時には」と語っています。

また一橋大学におけるティーチ・インでも、自分と太宰に共通するところがあることを認め、「だからこそ反発するし、だからこそ逆の方に行くのでしょうね」と話しました。決して単純に嫌いなのではなく、三島の太宰に対する感情には複雑なものがあったようです。

初版道 2019年4月1日

新元号の出典が『万葉集』だったので、天国の太宰治も喜んでいるでしょう。彼のペンネームの由来については諸説入り乱れているけれど、本人は妻美知子と女優関千恵子に『万葉集』と明言していますから。ちなみに、金子みすゞの「みすゞ」は『万葉集』の枕詞（の誤読）に由来するそうです。

（リツイート）224 （いいね）695

津島修治は太宰治と名乗る以前に色々なペンネームを用いています。まず青森中学校時代から使い始めた辻魔羞児、辻魔首氏を経て、辻島衆二が比較的長く使われました。これらは本名から容易に推察できる名前ですが、その後の小菅銀吉、大藤熊太、黒虫俊平となると、すぐにはわからないでしょう。

そして『列車』（昭和八年二月十九日、『サンデー東奥』）以降は、原則として「太宰治」となりましたが、昭和九年に発表された『断崖の錯覚』（『文化公論』）は黒木舜平名義でした。ミステリー仕立ての作品ゆえに、あえて別名にしたのかもしれません。

初版道　　2018年7月1日

太宰治は『女人創造』の中で「男と女はちがふものである。それこそ、馬と火鉢ほど、ちがふ」と書いていますが、どうして「馬と火鉢」なのでしょう。高校生の時から謎のままです。ちなみに、太宰が同作品で引用している小泉八雲の「男は、その一生涯に、少くとも一万回、女になる」も全く意味不明です。

（リツイート）164　（いいね）466

太宰の言葉で意味不明なものが多いのは、第一小説集『晩年』の献呈先の名前に添えた識語（献辞）です。三つ挙げてみましょう。川端康成宛「月下の老婆が「人になりたや」酔ひもせず。」、中谷孝雄宛「花は散る、中谷さん、あなたは松だ。」、鷲尾洋三宛「ここはどこの細道ぢや　鬼ヶ島の細道ぢや」

　これらを書いた場にいた檀一雄は、大酒を飲んだ太宰が「あらん限りをしぼって、相手を罵倒して書くんだが、その中のトゲを自慢していたよ」と記しています。酔っぱらいの戯言だけれど、貶（けな）していることは確かなようです。相手はどう思ったのでしょうね。

初版道　2018年9月23日

『桜桃』の主人公は「私は人に接する時でも、心がどんなにつらくても、からだがどんなに苦しくても、ほとんど必死で、楽しい雰囲気を創る事に努力する。さうして、客とわかれた後、私は疲労によろめき、お金の事、道徳の事、自殺の事を考へる」とまさに太宰治そのもの。「道徳」の二文字が印象的です。

（リツイート）105　（いいね）450

太宰は亡くなる少し前に「私は自分を変人とも、変つた男だとも思つたことはなく、きはめて当り前の、また旧い道徳などにも非常にこだはる質の男です。それなのに、私が道徳など全然無視しているやうに思つてゐる人が多いやうですが、事実は全くその反対だ」と書いています（『わが半生を語る』）。

「道徳」という言葉の持ついかなる意味においても、太宰を道徳的な生き方をした人間だと思っている人は、世の中にほとんどいないでしょう。しかし、太宰は実に様々な小説で「道徳」を登場人物に語らせており、これを強く意識していたことは確かなようです。

初版道 2019年4月4日

「正岡子規三十六、尾崎紅葉三十七、斎藤緑雨三十八、国木田独歩三十八、長塚節三十七、芥川龍之介三十六、嘉村礒多三十七」「それは、何の事なの？」「あいつらの死んだとしさ。ばたばた死んでゐる。」（太宰治『津軽』）これらは数え年なので、太宰だけは四十となります。悔しいかもしれませんね。

（リツイート）139　（いいね）486

太宰は嘉村について、『わが半生を語る』の中で「嘉村礒多なども昔から大変えらい人だと思つてゐます」と書いています。太宰と嘉村の接点としては、嘉村が口述筆記を務めた葛西善蔵の存在が欠かせません。太宰はこの同郷の先輩作家を敬愛し『善蔵を思ふ』を執筆。美知子夫人によれば、「椎の若葉に光りあれ」という葛西の言葉をセリフのように言っていたそうです。

『善蔵を思ふ』は葛西が登場しない不思議な作品で、太宰は当時から「葛西善蔵と嘉村礒多の文学系列を継ぐ」と評されました。このツイートの言葉で、芥川の次に名前を出したのも頷けます。

初版道　2019年11月23日

その昔田中角栄の演説を聞いた人が、「広い会場で自分だけに話してくれている錯覚を抱いた」と言っていました。太宰治の小説も、熱狂的な読者は自分だけに語りかけていると思います。角栄と太宰。今なお絶大な人気を誇る二人は、職業こそ異なれども、人を虜にする点では相通じるものがあったようです。

（リツイート）363　（いいね）1,185

なぜ太宰の小説は現代の若者にも支持されるのか。安藤宏東大教授は次のように分析しています。「敗戦後の若者たちと同じように、先行きの不透明な現代に生きる若者にとっても、太宰の描く小説の主人公は自らを置き換えて共感できる存在なのかもしれない。」

考えてみれば、日本近代文学史上、そんな小説を書き続けた作家は、太宰をおいて他にいなかったでしょう。だからこそ、太宰の小説は読み継がれているのです。没後七十年以上も経っているのに凄い話ではありますが、先行きは不透明感を増しそうなので、これからも読まれていくに違いありません。

初版道　2018年6月8日

太宰治は子どもの頃から読書好きだったけれど、兄によれば滅多に人前では読みませんでした。ところが疎開で帰郷した時は、人目を憚らず一心不乱にすごい勢い（人の3倍くらいの速さ）で読んだそうです。若い頃ほど一人で読書をしたいのは、気が散るとかいう問題ではなく、自らを顧みてよくわかります。

（リツイート）151　（いいね）585

太宰の兄文治は若くして津島家の当主になり、以後たびたび弟の「悪行」の尻ぬぐいに奔走しました。郷土の町長や衆参両議院の議員も歴任した町の名士でもあったので、一層辛い立場だったのに違いありません。

昭和四十八年に書いた『肉親が楽しめなかった弟の小説』にも、「ほんとうに世間にご迷惑をかけて申し訳ないというのが、私の偽らざる気持です。ああいう大将が一家から出ますと、一族の者は弱ってしまいます」とあります。ずっと世間に負い目を感じていたのでしょう。文治は桜桃忌どころか、墓参りにも行ったことがないそうです。

初版道 2018年6月24日

太宰治は「いちばん高級な読書の仕方」を「鷗外でもジツドでも尾崎一雄でも、素直に読んで、さうして分相応にたのしみ、読み終へたら涼しげに古本屋へ持つて行き、こんどは涙香の死美人と交換して来て、また、心ときめかせて読みふける」と語っています。「涼しげに古本屋へ持つて行き」がいいですね。

（リツイート）287　（いいね）905

太宰と古本屋と言えば、誰もが田村茂が撮影した三鷹の古本屋で本を手に取る写真を思い浮かべるでしょう。この写真について、「場所は古本屋か貸本屋か不明」と書かれた解説文を読んだことがありますが、昭和五十三年に三鷹駅南口の駅前にあった下田書店の店主に確認したところ、「ウチで撮影したものです」とのことでした。写真の背景にも「古本は定価以内で販売します」という東京古書組合の貼り紙がされています。

ちなみに、太宰が写真で手にしている本を明らかにしようと努力しましたがダメでした。彼の旧蔵書には古本屋のレッテルが貼られているのでしょうか。

初版道　2018年8月20日

太宰治は蔵書を持たず、書棚もなかったと妻が語っています。「他人の蔵書は遠慮なく利用した」けれど「座右の本は、すぐ若い方に進呈してしまうので、始終入れ替わっていた」とも。確かに書棚を背景にした太宰の写真は未見です。「本がなくても傑作が書けるんだよ」と自負していたのかもしれませんね。

（リツイート）124　（いいね）485

進呈するだけでなく、太宰は酒代にするためか、古本屋にも本を売っています。太宰が多くの作家から献本を受けていたことは書簡からも明白で、その中のかなりの数は署名本のはずですが、古本の世界で太宰宛の献呈本を見ることはまずありません。文学アルバムや展覧会の図録でもそうです。

先日、初めて太宰宛の本を手に入れました。詩人大木実の『屋根』という詩集の再版本（昭和十六年、砂子屋書房）でした。『晩年』の版元で働いていたことくらいしか太宰と接点がない人物で、献本が広範囲だったことをうかがわせます。一体どこへ消えたのでしょう。

初版道　2018年1月3日

太宰治が学生に書き送った言葉より。
「いい人間といふものは、学問のある人間よりも、また才能のある人間よりも、貴いものです。」
誰よりも才能に恵まれた作家の言葉だからこそ、一層心に響くものがあります。

（リツイート）93　（いいね）358

『佳日』が映画化（昭和十九年、タイトル『四つの結婚』）された時のプロデューサー山下良三は、太宰の第一印象を次のように書いています。「極めて人なつこい、見識ぶらない、謙虚で親切な、そして多少テレ屋さんの、実にすがすがしく清潔な感じであった。」そしてその後たびたび会っても、この印象はいささかも変わらなかったそうです。

「いい人間」という言葉は漠然としすぎていますが、山下が語る太宰をそう称しても異論は少ないでしょう。それは太宰を知るほとんどの人の共通認識でした。もっとも本人は自分のことを言ったつもりはなかったと思います。

初版道　2018年1月14日

受験勉強は一人ひとりが異なる花の種を播くようなものだと思います。すぐに開花する人も、そうでない人もいる。でもその努力は人生のどこかで必ず花を咲かせ、それが一番の大輪の花ということもあります。「私はなんにも知りません。しかし、伸びて行く方向に陽が当るようです。」太宰治の言葉です。

（リツイート）180　（いいね）540

戦後日本の未来を植物の蔓（つる）になぞらえて希望を暗示する言葉で、『パンドラの匣（はこ）』の結びに出てきます。太宰自身は小学生の頃から成績優秀であり、五年制の旧制中学校を四年で修了し、難関の旧制高校に入学しています。高校では成績不振だったものの、東京帝大文学部仏蘭西文学科に現役で入学。受験生四百十二名中四百七名合格という時代でした。

太宰はフランス文学を専攻した理由について、畏敬する教員がいたからだとしていますが、真偽のほどは不明です。いずれにせよ退学しているのだから、伸びて行く方向に陽は当っていなかったのでしょう。

初版道　2017年8月28日

中学1年生の時、『太宰治全集』の『人間失格』を教室で読んでいると、担任の国語教師から「そんなものを読むと自殺したくなるぞ」と言われたので、「じゃあ、なんで図書室にあるんですか？」と尋ねたら凄い表情で睨まれました。「感想を聞かせてほしいな」と言ってくれる先生と巡り合いたかったです。

（リツイート）691　（いいね）1,261

これは昭和四十八年の話なので、太宰没後まだ二十五年。小説家太宰と『人間失格』の評価も今ほど高くなかった時代で、五十代と思われる担任教師の反応は、当時としては普通のものだったのでしょう。太宰の生前からその作品を読み、良い印象を抱いていなかった可能性もありそうです。

「文学に理解のある国語教師に巡り合えなかった」とずっと思っていましたが、小さい頃から文学に親しんできた自分の方で壁を作ってしまい、先生にアプローチする気持ちが足りなかったと最近は考えるようになりました。反省しても手遅れですが。

初版道　2020年4月16日

今は昔、「親も教師も誰も自分をわかってくれない」と言って投げやりになっていた高校生に『人間失格』の文庫本を渡したことがありました。翌日飛んできて「もっとこの人の本を読みたい」と。彼は今、僻地の中学校で国語を教えています。きっと目を輝かせて『走れメロス』を教えているのでしょう。

（リツイート）206　（いいね）918

一冊の本が人生を変えるきっかけになるという話を聞いたことはあったけれど、自分が経験していないので信じられませんでした。本好きの人間にとって素晴らしい話ではありますが、絵空事だと思っていました。このツイートの彼と出会うまでは。

だから『人間失格』を渡した時は、まさかこんな劇的な効果が生まれるとは期待もしていなかったのです。不登校気味だった彼が、それから卒業まで皆勤だったこと。現役で大学の教育学部に合格したこと。そして国語教師になったこと。今は一冊の本が人生を変えることがあると信じています。

初版道　2019年9月14日

映画『人間失格 太宰治と3人の女たち』の公開に合わせたかのように、最近ヤフオクに『人間失格』初版本の出品が増えていますが、太宰の自殺直後に刊行された本書は大量に現存し、帯がなければ相場は3,000円位（保存並の場合）です（帯付は15,000円位）。「便乗商法」にご注意ください。

（リツイート）1,430　（いいね）1,103

『人間失格』の初版本の相場を話すと、ほとんどの方が「そんなに安いんですか！」と驚きます。初版本の価格は①人気②稀少性③外装（カバー・函・帯）の有無④保存程度などにより決まりますが、太宰の死の直後に刊行された『人間失格』は発行部数が多かったのです(正確な部数は不明)。したがって②が格段に落ちることになります。

ちなみに、太宰の初版本で最も高額なのは第一小説集の『晩年』(五百部)で、帯付の完本は百万円以上。太宰は『人間失格』だけでなく、『ヴィヨンの妻』『斜陽』など代表作の初版本が安価な珍しい作家です。

初版道　2019年11月17日

某スポーツ新聞社から、昨日逮捕された女優が映画『人間失格 太宰治と３人の女たち』に出演していたことについて電話取材を受けました。「天国の太宰はどう思いますかね」というくだらない質問があったので、「太宰は天国にいるとは限らないでしょう」と答えておきました。記事にはならないと思います。

（リツイート）5.6万　（いいね）17.2万

しばしば記者は、記事に都合のよい答えを想定して尋ねてくるものですが、この時はどんな回答を期待していたのでしょうか。麻薬取締法違反の罪で逮捕された人物に関する取材なので、太宰のパビナール中毒の話を待っていたのかもしれません。「天国」は無意識に使った言葉に違いなく、返答を聞いて言葉に詰まっていました。

ただ後になって、あの記者はそもそも太宰が薬物中毒だったことさえ知らなかったのではないか、という気がしてきました。そうだとしたら、どんな答えを望んでいたのか。蛇足ですが、やはり記事にはなりませんでした。

初版道　2019年11月18日

太宰治の作品中の「天国」
「私には天国よりも、地獄のほうが気にかかる。」（『佐渡』）「天国へ行くか地獄へ行くか、それは神様まかせだけれども、ひょっとしたら、私は地獄へ落ちるかも知れないわ。」（『貨幣』）「地獄は信ぜられても、天国の存在は、どうしても信ぜられなかったのです。」（『人間失格』）

（リツイート）256　（いいね）981

前のページのツイートにはフォロワー以外からもたくさんのリプライ（返信）が来ましたが、ほとんどが「太宰が天国にいるはずはない」というものだったのは驚きでした。多くは文学好きではない方々で、社会一般の太宰観を垣間見た気がします。

以前三鷹市で太宰の記念館設立構想が浮上した際に、「どうして愛人と心中するような男の記念館に税金を使う必要があるのか」といった反対意見を耳にしました。ただ私生活の問題を重要視したら、少なからぬ作家は失格とされてしまうでしょう。作家の顕彰も難しい時代になってきたことは間違いありません。

初版道　　2019年12月7日

昨日保釈された女優が『人間失格』の原作を読んでいたと思うか、DMで質問を受けました。どうかそんなことは本人に聞いてください。自分に断言できるのは、『人間失格』を読んだかどうかは、犯罪に手を染めるかどうかと全く関係ないことだけです。

（リツイート）176　（いいね）619

太宰治と女優と言えば、高峰秀子がすぐに浮かびます。高峰は戦前に『四つの結婚』（原作『佳日』）、戦後に『グッド・バイ』と二作の太宰原作映画に出演しました。名エッセイストとしても知られる高峰は、昭和二十二年に太宰と会食の席を共にした時のことを、「当代随一の人気作家太宰治先生は、ドブから這いあがった野良犬の如く貧弱だった」と書き残しています。

あまりにも酷い表現ですが、高峰は太宰作品の愛読者でもありました。太宰は天下の美女に話し掛けもしなかったようですが、恐らく恥ずかしかったのだと思います。

初版道　2020年1月7日

さいたま文学館から「太宰治と埼玉の文豪展」のために、第一小説集『晩年』のモデルになった本の借用願いが来ました。もちろん快諾したのですが、展示用の太宰本は『晩年』以下多くが復刻本と聞き激怒（笑）思わず「全部初版本をお貸しするから検討してください」と余計なことを。深く反省しています。

(リツイート) 143　(いいね) 542

かつて某文学館に貸し出した初版本がボロボロになって返ってきて以来、本を展覧会等に貸すことは長い間一切しませんでした。最近になって「解禁」したのは、信頼のおける学芸員の方々との交流が増えてきたからです。

今回のさいたま文学館の学芸員は面識がなく、しかもツイッターのダイレクトメールで依頼するという型破りな方法（普通は所属先の大学に手紙が来ます）だったけれど、話をすると真面目で熱心な若者（専従者だが大学院生）なので協力することにしました。結局貸与したのは献呈識語が入った『晩年』。来場者にも喜ばれたとのことで何よりです。

初版道　2020年1月24日

太宰治の展覧会は、一昨年「没後70年」、昨年「生誕110年」と銘打って開催されました。今年は「生誕111年」が大義名分。これは漱石や芥川でもなかったことですが、太宰は迷惑ではないでしょう。「太宰君は、自分がピエロで周囲をにぎやかにして人を喜ばすことが好きであった」（井伏鱒二）そうですから。

（リツイート）156　（いいね）596

手元にある中で最も古い「太宰治展」の図録は、昭和四十三年に「没後二十年」と銘打って開催された時のものです。主催は毎日新聞社、会場は銀座松坂屋とあります。初めて行ったのは昭和五十三年の没後三十年展で、場所は駒場の日本近代文学館でした。

太宰展の頻度が高まったのは平成になってからであり、没後六十年、生誕百年と二年続けて開催され、以後もツイートしたような状況です（他にも生誕百五年など）。私も平成二十七年、第一小説集『晩年』に焦点を当てた展覧会を企画しました。二度とできない内容と自負しています。

初版道　2020年4月20日

太宰治の長女である津島園子さんがお亡くなりになりました。平成27年に太宰治展を開催した折、事前に許可をお願いしたら（法的には不要）、喜んで快諾してくださいました。母の美知子さんの後を継ぎ、父の顕彰に努めた功績は大きかったと思います。ご冥福をお祈りいたします。

（リツイート）1,243　（いいね）3,861

美知子夫人は太宰の資料を散逸させず、整理して日本近代文学館に寄贈しただけでなく、早くから全集の後記で作品の成立事情などを明らかにし、太宰研究への貢献も計り知れないものでした。作家の遺族の回想録は枚挙に暇がありませんが（美知子夫人も『回想の太宰治』を執筆）、このように学究的な方面でも力を発揮した人は限られています。

園子さんも、青森・三鷹・山梨など太宰ゆかりの地での各種活動を厳しくも温かい目で見守り、支援・協力を惜しみませんでした。現在まで続く太宰ブームを支えたのは、疑いもなくこの母と子だったのです。

初版道 2020年4月20日

太宰治の次女の作家津島佑子さんは、昔お会いした時「父は文学史の中の人です」と語り、好きな作品は『黄金風景』と即答されました。今日、長女の園子さんも旅立たれ、今ごろ太宰は妻と子ども3人と72年ぶりに揃って、海に石の投げっこをして笑い興じているかもしれませんね。『黄金風景』のように。

（リツイート）266 （いいね）1,093

佑子さんにお会いしたのは高校生の時でした。紹介してくれた出版社の編集者に「太宰の話はタブーですよ」と直前に伝えられ困惑しましたが、佑子さんの方から「聞きたいのは父のことでしょ」と言われ、ほっとしたものです。すべての質問に答えてくださいました。

著名人の子どもは誰でも似たような苦労をするはずですが、とりわけ作家で言えば「太宰の子」の大変さは、芥川龍之介や三島由紀夫の子と匹敵するでしょう。まして佑子さんは同じ作家の道を選んだのだからなおさらです。意思の強い方でした。四十年以上経った今もそう思います。

初版道　2020年1月30日

太宰治の初版本の相場（よく質問される本。価格は約）『人間失格』帯付美本３万円、帯欠汚本２千円『斜陽』（外装無し）美本２万円、汚本４千円『女生徒』（外装無し）美本４万５千円、汚本８千円『晩年』帯付100万円以上、帯欠汚本15万円　２千円位でよく見かけた戦後の初版本が、最近なぜか急に減っています。

（リツイート）123　（いいね）356

「なぜか」と書きましたが、これが文アルの影響であることは明らかで、文アル愛好者から太宰の初版本を通販サイト「日本の古本屋」やメルカリで購入したとか、ヤフオクで入手したという報告がよく寄せられます。古本屋にとって新たな客層と言えましょう。

近代文学初版本の古書価は長期に亘り下落傾向が続いていますが、太宰の初版本、とりわけ比較的安い戦後の仙花紙本（粗末な紙質の本）は、むしろ価格が上昇しているのです。文アルに登場する作家の中でも、こういう現象が起きているのは太宰だけ。さすがと言うしかありません。

初版道　2019年12月16日

今、目の前に調査の依頼を受けた太宰治直筆の新出資料があります。80年以上前に書かれ、もちろん全集未掲載です。お酒を飲むよりもサウナに行くよりも、こういう物を見ている方が一日の疲れが飛んでいくのはおかしいでしょうか。いやきっと、このアカウントをご覧の皆様はわかってくださると思います。

（リツイート）180　（いいね）949

この自筆資料は、関連資料と共に最も所蔵するにふさわしい公的機関に収蔵されることになりました。現役のコレクターの時代は、図書館・文学館・記念館などは蒐集のライバルであり、貴重な資料を公的機関に紹介することなどありえませんでした。

しかし近年、デジタル化を含め公的機関の姿勢が望ましい方向に向いていることと、還暦が近づきコレクションの「終活」をする年齢になったこともあり、特にそれぞれが一つしかない自筆資料については考えが変わってきました。もちろん安住の地として最適なのか、よく相手を選ぶ必要はありますが。

初版道 2017年11月16日

「文学作品は読めればよいのだから、青空文庫でも文庫本でも全然構わない」という人が圧倒的な多数派でしょう。反論する気は毛頭ありません。ただ、ほとんどの方が初版本を手にしたことがないのも事実。だから、少しでも関心がある方に初版本を差し上げたいのです。オリジナルの力を信じていますから。

(リツイート) 113 (いいね) 323

初版道 2018年4月15日

「初版本、初版本」と騒いで（?）いるのは、初版本に関心を抱く人が激減し、絶滅危惧種だからです。読書は文庫本でも電子書籍でもできるし、安価で手軽に読めることは非常に重要でしょう。しかし作者が心血を注いだ作品を本として初めて世に送り出した初版本も、後世に残るべき大切なものだと思います。

(リツイート) 266 (いいね) 735

中原中也・宮沢賢治ツイート

初版道　2018年1月11日

「文豪で一番若い時からお酒を飲んでいるのは誰ですか？」という超難問をいただきました（笑）。誕生日が「愛酒の日」になっている若山牧水も、その早稲田大学の同級生で実家が酒造業を営んでいた北原白秋も、飲み始めた時期は存じません。15歳で酒の味を覚えていた中原中也は、確実に早い方でしょうね。

（リツイート）343　（いいね）799

飲み始めたのが早いのはさておき、中也は近代文学史上トップランクに挙げられる酒癖の悪さでした。太宰治もその犠牲者の一人で、檀一雄によれば草野心平も交えて四人で飲んでいた時、中也が太宰にひどく絡みだし、太宰は閉口して泣き出しそうになったそうです。

この時の経験があったからか、太宰は中也との交流を避け、格別好きでなかったとも書いています。しかし中也の没後、立原道造と比べて「死んで見ると、やっぱり中原だ、ねえ。段違いだ」と檀に語っています。なお、中也は太宰について一切言及していません。眼中になかったのでしょう。

初版道　2018年2月28日

「佐藤春夫は詩人でもない　小説家でもない、その中間の変なもの。それでも現文壇では一番好いのだ・・・・・」20歳の中原中也が日記に書いた言葉です。ちなみに春夫宛の『ランボオ詩集』は佐藤春夫記念館に収蔵されていますが、『山羊の歌』の現存の有無は存じません。

（リツイート）154　（いいね）436

『山羊の歌』は限定二百部の内、五十部が寄贈用とされていますが、三十冊以上の現存が確認済みで、寄贈本が五十冊を超えるのは確実です。近年になっても堀口大学や永井龍男宛の新出本が登場しました。なお、署名のない本も含めれば確実に百冊以上残っています。函入りでしっかりした作りだからでしょう。

一番本と二番本は行方不明ですが（三番本は家蔵の辰野隆（ゆたか）宛）、中也が別の本の一番本を贈った北原白秋と、装丁者高村光太郎ではないかと思います。立原道造にも贈りましたが、発見されていません。ちなみに小林秀雄宛は百番本。それを意図したのかは不詳です。

初版道　2018年6月4日

「先生は子供を、子供だと想ひ過ぎる。先生よ、おまへとおまへの教へる子供とは大方同し常識を持つてるんだぞ。」20歳の中原中也が日記に書いた言葉です。91年後の教師も噛み締めるべき金言だと思います。

（リツイート）318　（いいね）856

中也がこのように書いた背景は知りません。二十歳の時の言葉なので、自己体験に基づくとしても過去のことなのは間違いないでしょう。中也が「知識」ではなく「常識」としているところに重みを感じます。「常識」は「規範意識」と置き換えてもよいかもしれません。現代の教師の恥ずかしい懲戒理由を見るたびに、この言葉を思い出します。

　中也の日記のほとんどは、その日にあったことを記すのではなくて、その日に思ったことを自由気ままに綴るものです。前後の脈略もないから、単独では理解不能の内容も多いけれど、それがまた独特の魅力にもなっています。

初版道　2018年9月8日

中原中也は未発表の原稿に「立ち去つた女が、自分の知つてる男の所にゐるといふ方が、知らぬ所に行つたといふことよりよかつたと思ふ感情が、私にはあるのだつた」と書いています。もちろん小林秀雄・長谷川泰子との体験に基づくわけですが、男女を問わず、中也とは逆の意見の方も多いかもしれません。

（リツイート）127　（いいね）484

長谷川泰子さんと一度だけお会いしたことがあります。もう高齢で、知らない人が見れば普通のおばあさん。しかし私は「この人が中原中也と小林秀雄に愛された女性なのか」と目が眩む思いでした。目つきが鋭く、「グレタ・ガルボに似た女」のコンクールで一等に入選した面影が残っていました。

持参した『山羊の歌』の初版本には全く関心を示さず、「中原の詩を俗っぽいものがあるといってはいけないと思いますが、田舎っぺなところがあると思うんです」と書いていることを思い出しました。天下の中也の詩をこんな風に言えるのは彼女だけでしょう。

初版道 2018年10月9日

坂口安吾と中原中也は酒場の同じ女給を好きになり、安吾によれば彼女は彼に好意を抱き、それを知った中也は「ヤイ、アンゴと叫んで、私にとびかゝつた」そうです。ところがこれが切っ掛けで二人は親密な中に。安吾は「彼は娘に惚れてゐたのではなく、私と友達になりたがつてゐた」と。本当でしょうか？

（リツイート）325　（いいね）1,067

太宰治は中也にボコボコにされたようですが、安吾はむしろ中也を手なずけていました。これは三人の年齢の差ではなく（安吾は中也より一歳、太宰より三歳年長）、性格の問題だったのではないかと思います。

安吾の『二十七歳』には、中也はどんなに酔っても遊びに行く金を残すために何本飲んだか必ず覚えていて、安吾が有り金のすべてを飲み代に使ってしまうと、「アンゴ、キサマは何といふムダな飲み方をするのかと言つて、怒つたり、恨んだりするのである」とあります。戦前の話ですが、既に安吾は中也を凌ぐ無頼派だったということでしょう。

初版道　2019年2月19日

中原中也は初対面の横光利一に「僕はあなたに注告をしますが、あなたはもう人と逢はずに街の中へ越して来なさい。そして、電話をひいてときどき話をするやうにしませんか」と言い、横光は「この詩人はこれはただの詩人ではない」と思ったそうです。確かに、ただの詩人でなかったのは間違いありません。

（リツイート）156　（いいね）595

昭和十二年十月二十四日、中也の葬儀に向かう途中で品川駅のホームに佇んでいた横光は、大勢の乗降客の姿を見て故人の亡くなる直前の詩を思い出します。

「あゝ十二時のサイレンだ、サイレンだサイレンだ　ぞろぞろぞろぞろ出てくるわ、出てくるわ出てくるわ　月給取の午休み、ぷらりぷらりと手を振つてあとからあとから出てくるわ、出てくるわ出てくるわ」（『正午　丸ビル風景』）

この詩は中也が亡くなった月の『文学界』に掲載後、『在りし日の歌』に収録されました。私もまた、丸ビルを見るたびにこの詩を思い出します。東京駅周辺の景観は大きく変わりましたが。

初版道　　2020年4月24日

大正8年冬、友人宅で萩原朔太郎の『月に吠える』を手にした宮沢賢治は「ふしぎな詩だなあ」と言いながらページを捲り、目が異様な輝きを帯びてきたそうです。後に「心象スケッチ」の原稿を読んだ友人が「ばかに朔太郎張りじゃないか」と指摘したら「図星をさされた」と。『春と修羅』誕生の背景です。

（リツイート）289　（いいね）1,037

これは賢治の盛岡第一中学校の同期生阿部孝の回想です。賢治に対する『月に吠える』の影響は詩のみならず、夭折の画家田中恭吉の挿絵についても指摘されています。

朔太郎が賢治のことを語った資料はないようですが、朔太郎の義弟で詩人の佐藤惣之助は、いち早く『春と修羅』を「奇犀（きさい）冷徹その類を見ない。大正十三年度の最大の収穫である」と絶賛した人物だから、朔太郎に賢治の話をした可能性もあると思います。「日本近代詩の父」朔太郎は、果たして『春と修羅』を読んだのでしょうか。誰よりも読後感を聞きたかった人物です。

初版道　2017年5月14日

中原中也の言葉です。「彼の詩集『春と修羅』が出て二年の後、夜店で見付けて愛読し、友人には機会のある毎にその面白いことを伝へたのであつたが、私自身無名にして一般に伝へることができなかつた」勿論「彼」とは、こちらも当時全く無名の宮沢賢治。「天才のみぞ天才を知る」ということでしょうね。

(リツイート) 170　(いいね) 387

中也が『春と修羅』を初めて読んだのは、大正十四年暮れか十五年初め。大岡昇平によれば、中也は夜店に五銭で並んでいた『春と修羅』を買い集めて友人に送ったそうです。この時代にそんなことをした者は彼だけでしょう。

中也の第一詩集『山羊の歌』が刊行されたのは、賢治の亡くなった翌年の昭和九年です。発行所は最初の『宮沢賢治全集』と同じ文圃堂。装丁は共に高村光太郎で、同店主人野々上慶一によると、『宮沢賢治全集』の装丁を気に入った中也の強い希望でした。賢治が生きていれば、中也はきっと『山羊の歌』を献本したと思います。

初版道　2016年7月18日

知人の老コレクターが亡くなられました。遺言状に「宮沢賢治とともに天国に行きたいから『春と修羅』を棺に入れてほしいけれど、初版本を燃やすわけにはいかないので復刻本を入れるように」とあったそうです。泣きました。

（リツイート）9,152　（いいね）7,157

その昔、死んだらゴッホとルノワールの絵を棺桶に入れてもらうつもりだと発言して、大顰蹙(ひんしゅく)を買った実業家がいました。後に作品への愛情を表しただけだと釈明したものの、冗談でも口にしてはいけない言葉でした。

文化資産を個人で所有するということは、それを後世にそのままの姿・形で残していく義務を負うことに他なりません。つまり自分のものであっても、自分だけのものではないということで、ツイートしたコレクターは立派です。ただ私自身は復刻本を棺桶に入れてほしくありません。オリジナルにこだわった人間のささやかな矜持(きょうじ)であります。

初版道 2017年12月1日

昔から初版本で読むと、復刻本で読むよりも目が疲れませんでした。本への愛着の差かと思っていたのですが、かつて印刷所を営んでいた方から「活版は微妙な紙の凹凸と、僅かな文字のかすれがあるので目に優しいんですよ」と伺い納得。活版の魅力は陰影や温もり・懐かしさだけではないことを知りました。

（リツイート） 538　（いいね） 1,020

初版道 2020年1月7日

今の時代、復刻本ならば図書館などでも比較的容易に手に取って見られるのです。それがガラスケースに恭しく置かれているのを見て、遠方近郊を問わず文学展に足を運んだ来場者がどれだけ残念に思うことか。文学展を開催する方々にはそのことに想像を巡らせ、最大限の努力をしていただきたいと願います。

（リツイート） 83　（いいね） 335

梶井基次郎・川端康成ツイート

初版道 2016年12月23日

梶井基次郎『檸檬』の初出雑誌『青空』で、冒頭は「えたいの知れない不吉な魂が私の心を始終壓へつけてゐた。」ですが、「魂」は「塊」の誤植でした。単行本初校でも誤り、梶井は手紙で淀野隆三に指摘。初版本では「塊」になりましたが（教科書も）、ネット検索すると今でも間違っている人がいます。

（リツイート） 168　（いいね） 278

長く現代国語（今は現代文）の受験参考書のバイブルと言われた本が、高田瑞穂の『新釈 現代文』（昭和三十四年、新塔社）です。その影響力の大きさは、後に「ちくま学芸文庫」で復刊されたことからもわかります。

著者の高田は近代文学者でしたが、その彼も「不吉な塊」を「魂」と錯覚していました。日本近代文学館による「名著複刻全集」の昭和編の作品解題書（昭和四十四年）において、『檸檬』の解説を担当した高田は「不吉な魂」をベースにすべてを論じているのです。高校時代にこれを知っていたので、『新釈 現代文』を使う気にはなれませんでした。

初版道　2018年9月16日

梶井基次郎について、萩原朔太郎は「稀れに見る真の本質的文学者であつた」、横光利一は「静といふものをこれほど見極めて描いた作家は、まだ日本に一人もゐなかつたと思ふ」、川端康成は「その文業は不滅の輝き」と語っています。夭折が惜しまれる小説家は数多くあれど、樋口一葉と双璧でしょう。

（リツイート）303　（いいね）1,089

梶井が生涯に残した作品は、単行本『檸檬』所収のもの以外に僅かしかありません。それでも愛読者は絶えることなく、近代文学史に確固たる地位を占めているのだから、川端の言葉通り「その文業は不滅の輝き」と言えましょう。

ただ夭折が惜しまれるのは間違いないものの、名作を出し続けることができたかは別の問題です。結核という宿痾（しゅくあ）に冒されていたからこそ、梶井が「静といふものをこれほど見極めて描」けたのも確かだと思います。偶然ですが、一葉もまた結核で命を落としました。「結核」のない二人の人生が、どんな小説を生んだのか、読んでみたかったです。

初版道 2018年12月6日

萩原朔太郎は梶井基次郎について「梶井君がもし大成したら、晩年にはドストエフスキイのやうな作家になつたか知れない。或はまたポオのやうな詩人的作家になつたかも知れない」と書いています。芥川龍之介ですら、これほど朔太郎に評価されることはありませんでした。梶井に聞かせてやりたかったです。

(リツイート) 241 (いいね) 833

朔太郎は『本質的な文学者』の中で、「梶井君とは僅かの交際だが、その人物にも色々な複雑な多面性があり、ちよつと得体がわからず気味の悪いやうな男であつた」と書いています。

一方、小説集『檸檬』については「小説といふべきよりは、小品もしくは散文詩の範疇に属すべきものであるか知れない。しかしながらこの精神は、すべての文学を通じて普遍さるべき、絶対根本のもの」と絶賛しました。朔太郎は梶井の没後、最初の全集である六蜂書房版の刊行委員の一人を務めています。友人以外で梶井を最も高く評価していたのは朔太郎だったのです。

初版道　2018年11月6日

「梶井君が、一人の三好達治君を親友に持つて居たことは、同君のために生涯の幸福だつた。」「梶井君は三好君に対してのみ、一切の純情性を捧げて、娘が母に対するやうに甘つたれて居た。おそらくあの不幸な孤独の男は、一人の三好君にのみ、魂の秘密の隠れ家を見付けたものであらう。」by 萩原朔太郎

（リツイート）215　（いいね）703

大正十五年十一月、東京の飯倉片町（当時は麻布区）に下宿していた梶井基次郎は、隣の部屋が空いたので三好に移ることを熱心に勧めます。三好はその翌日、引っ越しを決めました。

昭和六年一月、梶井を見舞った三好は余命いくばくもないことを悟り、淀野隆三らと小説集の出版に奔走。彼らの友情により、梶井は生前に自著を手にすることができました。そして、その『檸檬』は「君の本が出る。永久の本、確かにこれは永久に滅びない本だ」と三好が語った通り、昭和の古典となったのです。真に三好を親友に持っていたことは、梶井にとって生涯の幸福でした。

初版道　2019年1月5日

「真夜中に 格納庫を出た飛行機は ひとしきり咳をして 薔薇の花ほど血を吐いて 梶井君 君はそのまま昇天した 友よ ああ暫らくのお別れだ……おっつけ僕から訪ねよう！」（三好達治『首途』）かつて梶井が葡萄酒だと言って渡したコップを満たす喀血（かっけつ）。それが薔薇の花の原風景だったのかもしれません。

（リツイート）119　（いいね）488

三好が梶井と最後に会ったのは、昭和六年十月末のことでした。三好が帰る時、既に病が進行し衰弱していたのに、梶井は制止をきかず門の外まで見送りに出ました。再会を約して急いでバスに乗った三好が振り返ると、梶井はまだそこに立ち尽くしていたそうです。

それから約五か月後、梶井はこの世を去りました。その後も、三好は六蜂書房版『梶井基次郎全集』や作品集『城のある町にて』の編集など、梶井の顕彰に尽力しています。石川啄木における土岐善麿と同様に、もし三好がいなければ、梶井の今日的評価も異なっていたかもしれません。

初版道　2019年3月19日

梶井基次郎は三好達治に「僕自身はかなりのんきな人間だのに かくものになると そののんきさが出ないのがどうも不思議だ」と書いていますが(昭和５年)、遺作『のんきな患者』（昭和７年）は新境地を開く味わいでした。もっと長生きしていたら、どんな名作を残していたのでしょうか。誠に惜しい早世です。

（リツイート）98　（いいね）417

梶井の自筆完成（入稿）原稿は、長い間『愛撫』『闇の絵巻』『交尾』の三点のみが首尾完全なものとして確認され、それ以外には現存しないと考えられていました。ところが平成五年、明治古典会七夕大入札会という古本のオークションに、突然『のんきな患者』の完成原稿が出現したのです。しかも四百字原稿用紙五十二枚で、首尾の揃った見事な完全原稿でした。

『のんきな患者』については、病の重い梶井がすべて書いたのか疑問もあったものの、この原稿の登場で問題は氷解しました。現在は聖徳大学に収蔵されていると聞きます。

初版道　2018年10月1日

多読を推奨する作家は数多くいますが、若き日の梶井基次郎もその一人で、友人に「多読多読 芸術家に教へて貰はなければ吾人は美を感じる方法を知らないから」と書き送っています。澄み渡った青空のような梶井の名文は、天賦の才と多読が生んだものだったのです。

（リツイート）137　（いいね）447

梶井は友人に多読を推奨しただけでなく、愛読書をあげています。家蔵の志賀直哉『荒絹』（大正十年、春陽堂）はその一冊で、第三高等学校以来の親友で作家の外村繁に寄贈しました。見返しに「外村茂君に贈る　基次郎」とあり、他人の著書に署名を入れたわけです（茂は本名）。

　外村はツイートの「多読多読」の手紙を受け取った人物で、志賀以外の本も「梶井の名前を署名して持つてきてくれた」と書いています。梶井の生前唯一の著書『檸檬』は、淀野隆三が寄贈本に代筆署名しているので、他人の本でも梶井の署名は貴重です。

初版道　2019年1月17日

太宰治は「文学賞を与へるとすれば」というアンケート（昭和11年）で『梶井基次郎小説全集』を挙げるほど高く評価していました。ちなみに太宰の小説『鷗』（昭和15年）で「梶井基次郎などを好きでせうね」と聞かれた主人公は、「このごろ、どうしてだか、いよいよ懐かしくなつて来ました」と答えています。

（リツイート）163　（いいね）563

太宰のデビュー前に梶井は亡くなっているので、彼をどう評価したかはわかりません。しかし梶井の親友外村繁は、「珍しい天分を持つた作家である」と語った昭和九年から、最後まで太宰を高く評価していました。太宰の「ポーズ」についても、「太宰君に関する限り私は志賀さんに同意出来ない」とはっきり書いており興味深いです。

外村はさらに、もし太宰の文学が「丈夫に育つ」ことがなかったら、「日本文学の口惜しさをまた一つ重ねることになるであらう」とも。この重ねられた口惜しさの中に、梶井が含まれている気がしてなりません。

初版道 2019年4月2日

「梶井基次郎、中島敦、太宰治の三人のことを、いまの文学青年の「三種の神器」と称するそうである」と安岡章太郎が書いたのは昭和39年です。それから55年。平成から令和になろうとしている今日でも、この「三種の神器」は変わっていないのかもしれませんね。

（リツイート）202 （いいね）646

この三人が昔も今も若者を惹きつける共通の要素はあるのでしょうか。全員三十代の若さで亡くなっていますが、他にもそういう作家は大勢います。東京帝大文学部に入学していますが、これも枚挙に暇がありません。作風はそれぞれ近いとも言い難いでしょう。

一つ思い当たることがあります。それは『檸檬』『山月記』『人間失格』という時代を超えて若者が共感する絶対的な作品があるということです。太宰はともかくとして、もし梶井に『檸檬』がなかったら、もし中島に『山月記』がなかったら、三種の神器に列せられることはなかったと思います。

初版道　　2018年8月25日

川端康成は「日本の小説は源氏にはじまって西鶴に飛び、西鶴から秋聲に飛ぶ」と語りました。前段は菊池寛の言葉の引用で、後段が川端のオリジナル。秋聲をいかに高く評価していたかわかります。ちなみに「西鶴から」を受ける作家として、川端はもう一人の候補者を挙げています。谷崎潤一郎です。

（リツイート）256　（いいね）707

ツイートの冒頭の言葉は、徳田秋聲の文学碑除幕式前夜の記念講演会（昭和二十二年）における発言です。したがって、リップサービスと思われるかもしれませんが、それから二十年後にも「日本の小説は西鶴から鷗外、漱石に飛んだとするよりも、西鶴から秋聲に飛んだとする方が、私にはいいやうに思ふ見方である」と書いており、本心でしょう。

川端は秋聲の小説について、最も日本風の自然主義の作品であり、日本的な作品であると考えていました。だからこそ、日本の美を強く意識した作品を書き続けた川端にとって、秋聲は谷崎と並ぶべき存在だったのです。

初版道　2018年3月6日

菊池寛は、横光利一の葬儀で弔辞を読んだ2か月後の昭和23年3月6日、狭心症で急死しました。葬儀委員長は久米正雄。菊池の恩に何度も謝する川端康成の弔辞は、「私は菊池さんの生前一度も先生と呼んだことがありませんでしたのでここでもやはり菊池さんと言わせていただきました」で結ばれています。

（リツイート）366　（いいね）912

川端のデビュー当時と言えば、大正十三年に横光らと創刊した『文芸時代』が「新感覚派」という名称と共にすぐ思い浮かびますが、菊池との縁はそれよりも前でした。大正九年、東京帝大文学部英文科に入学した川端は第六次『新思潮』の発刊を志し、雑誌の継承を了解してもらうため菊池を訪ねたのです。

それからも、菊池は川端が同誌第二号に書いた『招魂祭一景』を評価し、『文芸春秋』の同人に招きました。横光を紹介したのも菊池でした。もし菊池の物心両面の援護がなければ、川端が日本人最初のノーベル賞を受賞することもなかったかもしれません。

初版道　2019年5月23日

川端康成は「志賀さんの作品があつてはかなはないと考へた、後進の作家も少なくなかつた。その露骨で顕著な例が織田作之助君や太宰治君などであるのは周知である」と書いています。「かなはないと考へた」には異論も多いと思いますが、彼らの志賀への激しい反発が複雑な感情によるのは確かでしょう。

（リツイート）115　（いいね）504

川端と太宰と言えば、芥川賞の選考を巡るやり取りが有名ですが、志賀と太宰が激しく罵りあうきっかけとなった対談の一つに川端も参加していました。そこで川端は『斜陽』について、「別に新しいとか、これまでの人には書けない、というような感じはありませんね。ただ連想の飛躍みたいなところは独特で面白いけれど……」と述べています。

川端が高く評価した太宰の小説は『富嶽百景』くらいで、三島由紀夫の小説をことあるごとに称賛したのとは実に好対照です。そしてその根本にあったのは、「美意識の違い」だったのではないかと思います。

初版道　　2019年5月6日

川端康成の「坂口安吾氏の文学は、坂口氏があってつくられ、坂口氏がなくて語れない」という弔辞は有名だし名言に違いないけれど、個人的には「安吾はよく書き、よく褒めた。褒めるのは自分の書いたものにきまっている」という石川淳の言葉の方が好きです。

（リツイート）180　（いいね）664

川端は数多くの弔辞を読みましたが、特に有名なのは無二の親友横光利一と交流の深かった林芙美子に捧げたものでしょう。前者は「君の骨もまた国破れて砕けたものである」「僕は日本の山河を魂として君の後を生きてゆく」といった名文が感動を呼びました。

一方後者は「故人は自分の文学生命を保つため、他に対しては、時にはひどいこともしたのでありますが、しかし、あと二、三時間もたてば故人は灰となってしまいます。死は一切の罪悪を消滅させますから、どうか、この際、故人を許してもらいたいと思います」と。当然、当時から物議を醸（かも）しています。

初版道 2016年8月9日

天皇陛下が退位されたら、かつて「お供も警護もなしに１日を過ごせたら何をなさりたいですか」と問われ「透明人間になって、学生時代よく通った神田や神保町の古本屋さんに行き、もういちど本の立ち読みをしてみたいですね」とお答えになった皇后さまが、神保町を散策できる日も来るかもしれませんね。

（リツイート）381 （いいね）602

初版道 2019年11月25日

神保町の古本屋で、本を紙袋に入れて店を出ようとする若者を発見。そのまま店を出れば万引き犯です。外で捕まえるか店主に言うか迷ったけれど、呼び止めて小声で「お金を払わなければダメだよ」と言ったら、驚いた顔をしながらも小さく頷き、支払いに行きました。正しい対応だったのかはわかりません。

（リツイート）106 （いいね）630

芥川龍之介ツイート

初版道　2016年8月9日

芥川龍之介は妻宛の遺書に「僕は夏目先生を愛するが故に先生と出版書肆（しょし）を同じうせんことを希望す」と書き残し、死後に作品の出版権を新潮社から岩波書店に移すことを望みました。芥川の漱石に対する敬慕の念が、終生変わらなかったことを今に伝える言葉です。

（リツイート）165　（いいね）364

この美談の陰で忘れてならないのは新潮社の太っ腹でしょう。新人の頃から芥川の作家活動を支えたのは新潮社と春陽堂で、岩波書店からは生前に一冊も本を出していません。それを遺書で「夏目先生を愛するが故に」と突然書かれてしまっては迷惑な話ですが、新潮社はすぐに故人の遺志を尊重しました。

この当時の新潮社は実に懐が深く、姪と関係を持った島崎藤村が「海外逃亡」を企てた時も、『破戒』などの版権を二千円という破格の高額で譲り受けています。しかもそれまで藤村とはあまり接点がなかったのです。こうして文芸の新潮社の名は高まったのでした。

初版道　2017年4月9日

英語教師芥川龍之介は「歯切れの好い発音ですらすらと、自然なアクセントで読んで、さて講義にかゝる。時々芸術的な訳方をしたり、拙訳と巧訳との例を対照して、全く生徒をチャームしてしまふ。休みの時間には文学好きな生徒に取巻かれて、芸術談をやる」とのこと。夏目漱石より楽しそうな先生ですね。

（リツイート）207　（いいね）458

芥川の英語教師時代は二年半足らずと短く、しかも海軍機関学校という特殊な学校だったので、習った生徒の回想も非常に少ないのが残念です。僅かな証言からは、漱石よりも優しそうな先生だが、漱石ほど教育熱心ではないという印象を受けます。

その理由の一つとして、初めから芥川は小説家と二足の草鞋（わらじ）を履いていたことが挙げられるでしょう。漱石が『吾輩は猫である』を書き始めたのは、教師生活の最後の時期でしたが、芥川は就職する以前から『羅生門』『鼻』『芋粥』などを発表していたのです。そこが決定的な違いだったと思います。

初版道　2017年7月17日

芥川龍之介は海軍機関学校の教官時代「小説は人生にとって必要ですか？」と学生から質問され、「それなら君に聞くが、小説と戦争とどっちが人生にとって必要です？」と切り返し「戦争が人生にとって必要だと思うなら、これほど愚劣な人生観はない」と断じました。場所柄を弁(わきま)えない勇気ある発言ですね。

（リツイート）712　（いいね）1,303

芥川の教え子で、真珠湾攻撃において航空戦隊の幹部を務めた篠崎礒次によれば、当時の海軍機関学校の英語教材は、勝利を謳歌(おうか)する軍国主義的なものばかりでした。しかし芥川は、新任早々それらを一掃して敗戦の物語や衰亡の歴史を教え、「敗戦教官」と呼ばれました。

芥川がこのような教材を用いたのは、「勝つためには、負けることも考へるべきだ」との考えで、「戦争といふものは、勝つた国も負けた国も、末路においては同じ結果である。多くの国民が悲惨な苦悩をなめさせられる」と語ったそうです。今もそのまま通用する至言であると思います。

初版道　2018年1月27日

芥川龍之介の「理由は一つしかありません。僕は文ちやんが好きです。それでよければ来て下さい」というプロポーズの言葉は素敵ですが、その前の「僕はからだもあたまもあまり上等に出来上がつてゐません。（あたまの方はそれでもまだ少しは自信があります。）」も謙虚すぎて可愛いですね。

(リツイート) 307　(いいね) 890

不思議なことに、芥川は府立第三中学校（現両国高校）でも第一高等学校でも東京帝大文学部英文科でも、卒業時の成績はすべて二番でした。しかも首席は異なる人物だったのです。

もちろん、いずれも秀才ばかりが揃う学校であり、そこでの二番は極めて優秀な成績ですが、本人にしてみれば常に「一番になれない」という思いはあったのかもしれません。ちなみに、中学首席の西川英次郎は農芸化学者、高校首席の井川（恒藤）恭は法哲学者、大学首席の豊田実は英文学者として優れた業績を残しました。芥川より成績優秀だった男たちは、やはり大したものだったのです。

初版道　2017年12月21日

芥川龍之介は、未来の妻である塚本文に微笑ましいラブレターを何通も送りましたが、個人的には「この頃ボクは文ちゃんがお菓子なら頭から食べてしまひたい位可愛いい気がします。嘘ぢやありません」が秀逸だと思います。「お菓子」というところが、いかにも甘党の芥川らしいですね。

（リツイート）486　（いいね）1,426

芥川は死の直前に『しるこ』という随筆を書きました。関東大震災で「しるこ屋」らしい「しるこ屋」が消えたことを惜しむ甘党ならではの作品です。

その『しるこ』には次のようにあります。「帝国ホテルや精養軒のマネエヂヤア諸君は何かの機会に紅毛人たちにも一椀の「しるこ」をすすめて見るが善い。彼等は天ぷらを愛するやうに「しるこ」をも必ず—愛するかどうかは多少の疑問はあるにもせよ、兎に角一応はすすめて見る価値のあることだけは確かであらう。」帝国ホテル地下アーケードの虎屋の店頭でおしるこを見るたびに、この文章を思い出すのは私だけでしょうか。

初版道　2018年5月14日

芥川龍之介の甘いもの好きは有名ですが、次の文章がよくそれを伝えています。「芥川氏はこゝまで一気に語つて菓子をつまんで口の中へ入れ、いつまでも口中菓子だらけにしてもがもがする。」（『芥川龍之介氏縦横談』大正８年）もがもがしている芥川が目に浮かんでくるようです。

（リツイート）424　（いいね）1,031

芥川は上野広小路の菓子店「うさぎや」のもなかが大好物でした。店主で俳人の谷口喜作に宛てた手紙では、もなかと共にオリジナルの菓子を所望し、その断面図まで添えて中身も指定しています（大正十二年八月十三日付）。

芥川の甘いもの好きは終生変わりませんが、後年になると健康が悪化し、菓子を贈った谷口に「小生目下胃腸を害し居る為あの一口最中も一度に三つしか食べられず太（はなは）だ残念」「小生目下神経衰弱の外にも胃酸過多症とアトニイとを併発致し居り候へば少々づつ食後に頂戴仕る可く候」と書きました。好きなだけ食べられずに残念だったでしょうね。

初版道 2019年2月3日

昭和2年7月27日、芥川龍之介を荼毘に付す火葬炉の鉄扉の札に、最初は「芥川龍之助」と書いてありました。それを谷口喜作（芥川が好んだ菓子店うさぎや主人）が「仏が気にしますから字を改めます」といったようなこと言って、「龍之介」に直したそうです。きっと芥川も安心して天国に行ったことでしょう。

（リツイート）149　（いいね）514

芥川の旧制高校以来の親友井川(恒藤)恭によれば、芥川は自分の作品を愛読しているという人が「龍之助」と書いてくると、「度し難い輩だ」とつぶやいたそうですから、「龍之介」に対するこだわりは半端なものではありませんでした。もっとも、小学生の頃は自分でもよく「龍之助」と書いており、中学生時代の答案にも見られます。

ところで、芥川は「龍」でも「竜」でもよかったのでしょうか。高校時代に妖怪談を書き留めた「椒図志異（しょうずしい）」の表紙は「竜」ですが、小さい頃から「龍」を用いています。他人に「竜」と書かれて憤慨したという事実はなかったようです。

初版道　2018年8月26日

芥川龍之介は、もし生まれ変わるとするならば「もう少し、頭が良くて、肉体が丈夫で、男振りが好い人間に生まれかはりたい」と語っています。肉体はよいとしても、残りの二つは「それは贅沢ですよ、芥川先生」と言いたくなりますね。

（リツイート）211　（いいね）772

体調不良でやせ細った晩年の写真から、芥川は虚弱なイメージが先行していますが、若い頃は違っていたようです。府立第三中学校時代の芥川については、「当時の写真が何枚か残っているが、短髪で耳が大きく、一番目立つのは首が太いことである。これは柔道をしっかりやった証拠である」（関口安義「素顔の龍之介」）という指摘もあります。

実は芥川の師夏目漱石も同様で、学生時代は様々なスポーツに取り組み、大学時代に富士山にも登っています。私たちが見慣れている書斎に閉じ籠った不健康な小説家の姿だけでは、うかがい知れない過去もあるということでしょう。

初版道　2019年2月10日

かつて芥川也寸志さんと会った時「お父さんもこの声に近かったのかな」と思いました。龍之介は「低く静かな、それでいて力強く、たくましいとさえ言ってよい声」「名鐘の余韻に近いような声」だったという証言があります。個人的には、漱石芥川賢治中也太宰が、肉声を聴きたかった近代作家五人衆です。

（リツイート）173　（いいね）634

太宰の肉声については前に触れました。漱石の声を録音したロウ管（蓄音機で再生するもの）は現存しますが、劣化によって聴くことはできません。将来、デジタル技術がより進化するのを待つしかないようです。賢治の声が残っている可能性はほぼゼロ。中也は自作詩の朗読が得意で、ハスキーな低音だったらしく、レコードに吹き込まなかったことを草野心平が後悔しています。

一番録音のチャンスがあったのが芥川でしょう。木登りやたばこをふかしている映像はあるのに、声が残っていないのだから痛恨。「名鐘の余韻に近いような声」、聴きたかったですね。

初版道　2018年2月24日

芥川龍之介はヘビースモーカーで、最もお気に入りの銘柄は、中原中也や太宰治も好んだゴールデンバット。箱に印刷されたSWEET & MILDから「吸うと参るぞ」とダジャレも。妻によれば「煙草がなければよい考も出ない」と語っていたそうです。愛煙家が肩身の狭い現代に生まれなくてよかったと思います。

（リツイート）275　（いいね）755

令和元年七月、日本たばこ産業はゴールデンバット・わかば・エコーの三銘柄を、十月以降の在庫分の販売をもって廃止すると発表。明治三十九年以来、多くの文人に愛されたゴールデンバットは姿を消すことになりました。各メディアが芥川や太宰の好んだ銘柄だとこぞって報道したのも興味深い現象でした。

ゴールデンバットが出てくる作品で最も有名なのは、『富嶽百景』（「とりとめのない楽書をしながら、バットを七箱も八箱も吸ひ」）でしょう。また中也の生前未発表の詩『七銭でバットを買つて』もよく知られています。やはり文豪ゆかりの品が消えるのは寂しいです。

初版道　2019年3月16日

芥川龍之介にロシヤ煙草を買い占めたと抗議された上山草人は、ほぼ全部を贈呈しましたが、芥川はそれを返送。送り状には「こんなに戴いては申しわけがない」「御好意に背かないために一本だけ頂戴する」と。他人への心遣いは命を縮める一因になったけれど、そんな彼を周囲の誰もが愛したのです。

（リツイート）134　（いいね）588

過剰な喫煙は芥川の健康を害し、肉体の不調の一因となりました。「どんなに少く見積つてもその一晩中に彼は九十本以上は吸つてゐる。自分も煙草は休みなく吹かす方だが、彼のは余りに極端で、どうしても健康上有害だと思つたから自分は忠告をしたが、彼は、「そんなことはどちらでも同じだ」と多少捨て身のやうなことを云つた。」（佐藤春夫『芥川龍之介を憶ふ』）

芥川自身もたばこの害を十分自覚していたことは、随筆や手紙からも明らかです。しかし最後の瞬間も傍らにはたばこがありました。天国でも彼の周りは煙っているのでしょう。

初版道　2018年5月26日

芥川龍之介は「僕は若い時は手当り次第本を読んだもんです。小説と云わず、戯曲と云わず、詩歌と云わず、其他の学問の本と云わず、何でも滅茶苦茶に読んだんです」と語っています。多読したからといって、誰もが芥川になれないのは当然ですが、多読しなければ、芥川は芥川でなかったかもしれません。

（リツイート）167　（いいね）606

多読であったと同時に、芥川は大変な速読家だったようで、主治医の下島勲は次のように回想しています。「一体どのくらひの速度で本が読めるのかと聞いてみたところが、普通の英文学書なら一日一千二三百頁は楽だといつてゐた。併し一日といつたところで、時間によるのだが、まあ仮りに一日一千二百頁の十時間とすれば、一時間百二十頁、一分間二頁といふことになるわけです。」

常識的には、日本人にとって英語の本を読む方が時間は掛かるのだから、一分間に二ページはやはり相当なスピードです。多読と速読、この両輪によって芥川の博識は築かれたのでしょう。

初版道　2018年8月23日

芥川龍之介は「創作を書き出す前は、甚だ愉快ではない。便秘してゐる様な不快さである」と語っています。お上品ではありませんが、これほどわかりやすい譬(たと)えもないでしょうね。ちなみに一年では冬から春にかけての季節、一日では午前が最も創作気分に合っているそうです。

（リツイート）166　（いいね）565

苦労して小説を書き始めた芥川は、完成した後も推敲を重ね、何度も文章に手を入れています。彼の完成原稿を見ると、最初期の『鼻』（『羅生門』の完成原稿は未発見）から最晩年の『歯車』まで夥(おびただ)しい修正の後があり、印刷会社の職人が文字の判読に苦労するほどです。

芥川は天才作家と呼ばれ、それに異論がある人は少ないでしょう。その芥川ですら、出版社に原稿を渡す直前まで文章を練っていたことに静かな感動を覚えます。天才がこれだけの努力をしているのだから、凡才の自分がやらなくてよいはずはありません。文章を書く時は、いつもそのことを思い出します。

初版道　　2018年9月3日

文章を書く時に、読点（、）をどこに打つか迷うことも多いと思いますが、あまり悩まなくてもよいのかもしれません。芥川龍之介でさえ「読点はいかにうつべきか、といふ法則がないので、これが一ばん困りますね」と言っていますから。

(リツイート) 235　(いいね) 691

芥川はほとんどの原稿で、読点と句点に原稿用紙の一マスを使わず、前のマスの右下に付けているので、後から加えた読点か確認するのは困難です。そして前に書いた読点を消した痕跡も、山のように修正した完成原稿においてさえ少ししか残っていません。原稿を見る限り、「これが一ばん困りますね」というほど本当に困っていたのかと思います。

読点は少ないと文章が読みづらいし、多いと幼稚な感じがする厄介なものです。音読して息継ぎをするところに打つとアドバイスされることがありますが、声に出すのと読むのは微妙に違うので実践していません。

初版道　2019年9月23日

芥川龍之介は与謝野晶子に「奥さん、私は平凡な女の最初の良人になるより、秀れた女の十一人目の恋人になる事を望みます」と語りました。なぜ「十一人目」なのかは不明です。『みだれ髪』の大歌人を「奥さん」と呼ぶのは違和感を覚えますが、夏目漱石も手紙で「与謝野の細君」と。そういう時代でした。

(リツイート) 151　(いいね) 775

芥川と晶子は互いの本を寄贈しあう仲で、大正十年、芥川の中国旅行送別会に晶子は出席し、集合写真に女性では一人だけ写っています。帰国後、晶子は第二次『明星』の同人に芥川を勧誘。しかし辞退しました。

「私は同人の列に加はらずに寄稿したいと存じますと云ふのは私の我ままですが、どうも束縛の感じが苦しいのですたとひ実際は自由であつても兎に角同人一人前の責任を持つのが苦しいのです」

帰国後の体調不良もあって、芥川には精神的にも肉体的にも余裕がなかったのでしょう。なお芥川は『明星』に寄稿し、ちゃんと義理を果たしています。

初版道 2018年7月24日

「彼は、聖徳太子の聡明さと中学生の小供らしさを、文学的性格の両面に素質して居た。」「彼の文学は、実際に小説でもあり、エッセイでもあり、同時にまたそのどつちでも無かつた。」筆者は萩原朔太郎で、亡くなる昭和17年に執筆。「彼」の名は申すまでもありませんね。芥川龍之介です。

（リツイート）105　（いいね）452

ある時、朔太郎が「詩が、芥川くんの芸術にあるとは思われない」と発言したことに芥川は激しく反発し、説明を求めました。そして「要するに君は典型の小説家だ」とする朔太郎に、「君は僕を理解しない。徹底的に理解しない。僕は詩人でありすぎるのだ。小説家の典型なんか少しもないよ」と悲しげに首を振ったそうです。

二人のいずれに肩を持つこともしません。しかし、芥川の芸術に対する「それは時に、最も気の利いた詩的の表現、詩的の精神をもつてゐる。だが無機物である。生命としての霊魂がない」という朔太郎の指摘は、実に鋭いと思います。

初版道　2019年1月24日

芥川龍之介の童話『白』に出てくる男の子の名前は「春夫」。芥川が書きながら自分のことを思ってくれたと佐藤春夫は素直に喜んでいますが、無邪気な子どもの名前というところに、隠された深い意味があるのかもしれません。

（リツイート）111　（いいね）432

『白』を収録した芥川唯一の童話集『三つの宝』が刊行されたのは、死の翌年のことでした。その序文で、春夫は「芥川君　君の立派な書物が出来上る。君はこの本の出るのを楽しみにしてゐたといふではないか。君はなぜ、せめては、この本の出るまで待つてはゐなかつたのだ。さうして又なぜ、ここへ君自身のペンで序文を書かなかつたのだ」とその死を惜しんでいます。

犬嫌いの芥川が犬好きの子どもに春夫と付けたのは深い意味があるのか、不明です。芥川の三十七年後に亡くなった春夫は、あるいは天国でその意図を尋ねているかもしれませんね。

初版道 2018年2月25日

芥川龍之介に作家を食物に見立てた随筆があります。菊池寛「あの鼻などを椎茸と一緒に煮てくへば、脂ぎつてゐて、うまいだらう。」谷崎潤一郎「西洋酒で煮てくへば飛び切りに、うまいことは確である。」など皆褒められて（?）いる中で、なぜか室生犀星だけは「干物にして食ふより仕方がない。」でした。

（リツイート）529 （いいね）1,178

犀星を茶化した表現が多い芥川ですが、その詩の才能を誰よりも評価していたのも彼で、「夜半の隅田川は何度見ても、詩人S・Mの言葉を越えることは出来ない」と語っています。S・Mすなわち犀星の言葉は「羊羹のやうに流れてゐる」です。

芥川が初めて犀星に手紙を送ったのは『愛の詩集』を読んだ直後で、興奮冷めやらず、礼状と共に初めての詩「愛の詩集」を同封しました。芥川の没後、犀星はこれを定本版『愛の詩集』の巻頭に掲げています。なお、この手紙は私が所蔵しているのですが、残念ながら詩の原稿は行方がわかりません。

初版道 2018年10月12日

芥川龍之介は室生犀星について、「僕を僕とも思はずして、『ほら、芥川龍之介、もう好い加減に猿股をはきかへなさい』とか、『そのステツキはよしなさい』とか、入らざる世話を焼く男」だが、「僕には室生の苦手なる議論を吹つかける妙計あり」と書いています。「僕を僕とも思はずして」がいいですね。

(リツイート) 181　(いいね) 615

芥川と犀星の関係については、二人をよく知る萩原朔太郎が誠に適切な言葉を残しています。

「けだし室生君の眼からみれば、礼節身にそなはり、教養と学識に富む文明紳士の芥川君は、正に人徳の至上観念を現はす英雄であつたらうし、逆に芥川君の眼から見れば、本性粗野にして礼にならはず、直情直行の自然児たる室生君が驚嘆すべき英雄として映つたのである。」

(『芥川龍之介の死』)

確かに犀星は、学歴エリートが揃う芥川の友人にはいないタイプの人間でした。そこに芥川が惹きつけられたのは間違いないと思います。

初版道　2018年9月18日

芥川龍之介は『谷崎潤一郎論』の中で「小説家中森鷗外先生を除き谷崎潤一郎君の如く日本の古典に通ぜる人は恐らく一人もなかるべし」と。いかに鷗外を高く評価していたか分かります。また「君が文章道に於ける雕龍（ちょうりゅう）の技は天下皆これを知る。故に贅（ぜい）せず」とも。芥川にこう言わしめる谷崎も流石です。

（リツイート）125　（いいね）452

「雕龍」は『文心雕龍』なる中国の文学理論書に由来し、谷崎の文章表現の技術を讃えたのでしょう。「贅せず」とは余計なことは言わないということで、最大の誉め言葉に違いありません。

芥川と谷崎は晩年の文学論争が有名ですが、お互いに文才を認め合った仲でした。芥川には『谷崎潤一郎氏』という文章もあり、二人で神田神保町（文中では裏神保町）のカフェに行った時の話が面白おかしく描かれています。芥川の没後に谷崎は「私の方もさうであつたが、君も私に対しては、通り一遍の先輩以上に親しみを感じてゐたであらう」と書きました。その通りだと思います。

初版道　2018年6月1日

昭和２年、芥川龍之介は谷崎潤一郎に森鷗外の『即興詩人』重版本を贈りました。谷崎が神戸の古本屋で買いそびれたのを聞いたからで、「初版でなくつてもよござんすかね」と確認したそうです。芥川の死後、谷崎はそれが形見分けだったと気がつきます。両文豪が手にした『即興詩人』の行方は存じません。

（リツイート）252　（いいね）717

『即興詩人』は明治三十五年に上下二冊本で春陽堂から刊行され、大正三年には縮刷合本が出ています。共に重版本もありますが、芥川の「初版でなくつてもよござんすかね」という言葉から、最初の二冊本を寄贈したのは間違いないでしょう。縮刷版の初版にこだわる意味はまずないからです。

　ちなみに、元版の『即興詩人』には再版本から上巻に地図、下巻に「即興詩人評語集」（書評）が入っていました（これがない重版もあり）。したがって、読む分には初版本よりも情報量が多いことになりますが、恐らく芥川も谷崎もその事実は知らなかったと思います。

初版道　2018年3月23日

芥川龍之介は知りあったばかりの堀辰雄に「そのままずんずんお進みなさい」と励ましています(大正12年11月18日付書簡)。夏目漱石が『鼻』を激賞した書簡で「頓着しないでずんずん御進みなさい」と激励してから7年9か月。芥川は亡き師の言葉を片時も忘れたことはなかったのでしょう。

（リツイート）231　（いいね）806

その後も、漱石は芥川と久米正雄への書簡で「どうぞ偉くなつて下さい。然し無暗にあせつては不可ません。たゞ牛のやうに図々しく進んで行くのが大事です」とか「牛になる事はどうしても必要です。吾々はとかく馬にはなりたがるが、牛には中々なり切れないです。（中略）あせつては不可せん。頭を悪くしては不可せん。根気づくでお出でなさい」と励ましています。繰り返し「あせつては不可（ま）せん」とあるのが印象的です。

しかし自他ともに認める知的エリートであった芥川は、その鎧を脱ぐことができませんでした。牛になれなかった彼は、天馬の如く人生を駆け抜けたのです。

初版道 2020年5月2日

堀辰雄の東京帝大国文科の卒業論文は、『芥川龍之介論―芸術家としての彼を論ず―』です。師事していた芥川を失った2年後のことで、「芥川龍之介を論ずるのは僕にとつて困難であります。それは彼が僕の中に深く根を下ろしてゐるからであります」と。芥川が生きていたら、書いていなかったと思います。

(リツイート) 70 (いいね) 362

芥川の弟子と言えば、まず思い浮かぶのは龍門四天王でしょう。しかし残念ながら、文学ファンでも小島政二郎・佐佐木茂索・瀧井孝作・南部修太郎の全員の名前を挙げることは難しいかもしれません。それぞれ立派な小説家ですが、有名作家とは言い難いと思います。しかも三人が芥川とわずか二歳違い、南部に至っては同じ年生まれでした。

そうしてみると、芥川に師事した作家で最も名が知られているのは堀になりそうです。芥川と堀は府立第三中学校の同窓で、年の差は一回りでした。ちなみに堀の薫陶を受けた立原道造も同窓で、こちらは十歳違いです。

初版道　2017年5月1日

芥川龍之介自殺への感想一文（独断的選択）。泉鏡花「エヽヽ夢ぢやないかな、夢であつてくれゝばいゝが、なんで死んでくれたか、うらめしい。」薄田泣菫「芥川氏はもう生きることに飽きたのだ。」久米正雄「かれは要するに第二の北村透谷だ。」室生犀星「今、自分は疲れてゐて、何も云ふことはない。」

（リツイート）217　（いいね）571

芥川の自殺に対する諸家のコメントを見ると、その死を嘆くもの、死の理由を分析するもの、自分への影響を語るもの、に大きく分かれるようです。それぞれの中で心に残るものを挙げたのがこのツイートでした。もちろん、これ以外にも印象的な言葉はいくつもあります。

ここに記したコメントはすべて、芥川の死の直後に語られたものです。「何も云ふことはない」と言った犀星も、後にちゃんと芥川の思い出を全集の月報に寄稿しています。しかし、なぜか一番心に響くのは、素っ気ないようなこの一言なのです。理由はよくわかりませんが。

初版道 2019年7月24日

今日は芥川龍之介の命日「河童忌」です。昭和2年7月は連日猛暑で、今年も東京は真夏日でした。「僕は一番暑い日に死んで、みんなを困らしてやるんだ」と言っていた芥川は、天国で微笑んでいるでしょう。ちなみに内田百閒は「あんまり暑いので、腹を立てて死んだのだろうと私は考えた」と語っています。

（リツイート） 526　（いいね） 1,375

芥川に「内田百間氏は夏目先生の門下にして僕の尊敬する先輩なり」に始まり、「真面目に内田百間氏の詩的天才を信ずるが為に特にこの悪文を草するものなり」で終わる『内田百間氏』という死の直前の小文があります。芥川には珍しく皮肉も諧謔（かいぎゃく）もない素直な文章です。

この中で芥川は作家としての百間の不遇を強調し、「内田百間氏の作品は多少俳味を交へたれども、その夢幻的なる特色は人後に落つるものにあらず」と称賛しました。なお、芥川が復刊を目指し果たせなかった百間の第一小説集『冥途』（関東大震災で紙型が滅失）は、昭和九年に再刊されています。

初版道　2019年1月30日

芥川龍之介の自殺が当時どれほど大きな衝撃を周囲に与えたのか、片山広子の言葉が端的に伝えています。「芥川さんはご自分だけでなく、ご自分の死によってまわりの人たちまで一緒に死なしておしまいになりました。」芥川が「越し人」と呼んだ広子も、「まわりの人たち」の一人だったのかもしれません。

(リツイート) 164　(いいね) 698

片山が芥川に送った手紙は、後に評論家の吉田精一に渡り、さらに作家の辺見じゅんさんが所蔵することに。辺見さんは角川源義の娘で幻戯書房の創業者。神保町の古本屋で初めてお会いしたのは二十五年くらい前のことでした。明るく気さくな方で、自宅が近いこともあって話が弾みました。

辺見さんは、郷里の富山県に開館する高志の国文学館の館長に就任が内定していましたが、平成二十三年に死去。片山の芥川宛書簡はここに収蔵され、同館の紀要で紹介されています。ちなみに芥川から片山宛書簡は、彼女の告別式の日に娘が焼却したそうです。

初版道　　2019年2月17日

芥川龍之介の死を悼む名言はたくさん残されていますが、個人的には菊池寛の弔辞や泉鏡花のコメントと並んで、広津和郎の言葉が胸を打ちます。
「芥川は、死ぬ時、兜のなかに香を入れておくやうな心がけの男であつたなあ・・・やつぱり、芥川は、ういやつであつたなあ・・・」

（リツイート）168　（いいね）653

このツイートをしたら、「木村重成だ！」という反応が複数ありました。広津の言葉は、大坂夏の陣で討ち死にした重成の兜に香が焚きしめられていた話に由来しますが、十年前ならば注釈が必要だったかもしれません。しかし、近年若い世代で刀剣や戦国武将や城郭への関心が高まり、この伝説も広く知られるようになったようです。

近代作家についても同様で、マンガやゲームをきっかけとして、作品を読むだけでなく特定の「文豪」のことを深く調べ、研究者も舌を巻く知識を持っている方も増えています。初版本への関心も高まっていて嬉しい限りです。

初版道 2015年5月21日

多少なりとも貴重な（高額な）本の所蔵者が亡くなった時、遺族が一番気をつけなければならないのは、友人を名乗って書斎に入りこもうとする人間です。ほぼ確実に何冊も本が消えます。過去に数多くの研究者・コレクターの家がこの被害に遭いました。中でも最も憎むべきなのは、「弟子」と称する輩です。

（リツイート）2,759 （いいね）1,197

初版道 2016年7月22日

今は昔、授業で「蔵書家が必ずしも読書家とは限らない。まして人格者である保証は全くない」と自説を述べたら、ある学生が学期末の授業評価でこの言葉を引用しつつ、「自己分析が正確な点は高く評価できる」とコメントを書いていました。実に鋭い洞察力です。

（リツイート）378 （いいね）460

佐藤春夫・菊池寛ツイート

初版道　2017年12月16日

佐藤春夫の名言。「若さは、夢であり、花であり、詩である。永久の夢といふものはなく、色褪せない花はない。また詩はその形の短いところに一層の力がある。若さも亦、それが滅び、それがうつろひ、それが長くないところに一しほの魅力がある」。若さの魅力をこれほど的確に表現した言葉を知りません。

（リツイート）494　（いいね）1,326

もし春夫が詩を書いていなければ、この言葉は生まれなかったかもしれません。彼が処女詩集『殉情詩集』を刊行したのは大正十年。既に小説家として評価を得た後で、その契機になったのは谷崎潤一郎の妻千代を巡る騒動(小田原事件)でした。そして谷崎との絶交の後、春夫は郷里であの有名な『秋刀魚の歌』を作ります。

「あはれ 秋風よ 情あらば伝へてよ、夫を失はざりし妻と 父を失はざりし幼児とに伝へてよ ― 男ありて 今日の夕餉に ひとり さんまを食ひて 涙をながすと。」ちなみにツイートの『若さ』は昭和二年の作です。

初版道　2018年6月10日

芥川龍之介「僕の佐藤春夫評は当てにならん、概して佐藤の書いたものを悪かつたと思つたことは稀だからな。」田山花袋「そんなに好いですか。」芥川「ちよつと気持ちが贔屓なのですね、だから公平な判断は外の人から聞いた方が好いかも知れない。」これを読んだ春夫は、さぞかし嬉しかったでしょうね。

(リツイート) 172　(いいね) 583

「震災後に会つた時、佐藤は僕にかう云つた。「銀座の回復する時分には二人とも白髪になつてゐるだらうなあ。」これは佐藤の僕に対して抱いた、最も大いなる誤解である。いつか裸になつたのを見たら、佐藤は詩人には似合はしからぬ、堂堂たる体格を具へてゐた。到底僕は佐藤と共に天寿を全うする見込みはない。醜悪なる老年を迎へるのは当然佐藤春夫にのみ神神から下された宿命である。」

（芥川『佐藤春夫氏』）

芥川の言葉通り、春夫は七十二歳と天寿を全うしました。しかし決して醜悪な老年ではなかったので、この点では芥川の予言は外れたのでした。

初版道 2019年8月18日

今日は谷崎潤一郎が千代夫人と離婚し、佐藤春夫が彼女と結婚することを３人の連名で発表した日です。世に「細君譲渡事件」と称され当時の新聞にも「友人春夫氏に與(あた)ふ」とありますが、物ではないのだから千代夫人の尊厳を傷つける呼び方はいかがなものかと。春夫に愛された千代は幸せだったと思います。

（リツイート）287 （いいね）808

「細君譲渡事件」を激しく非難する人々がいたのは当然でしょう。谷崎と春夫そして千代の三人は、当事者だし大人なので仕方ありませんが、最も大きな被害を受けたのは谷崎と千代の娘鮎子（当時十四歳）でした。通学していた兵庫県のミッション・スクール聖心女学院が問題視し、転校か寄宿舎に入ることを求めたのです。結局、鮎子は東京の学校への転校を余儀なくされています。

　昭和十四年、鮎子は泉鏡花の媒酌(ばいしゃく)により春夫の甥と結婚。集合写真に千代と妹せい子（谷崎が恋した人物で、『痴人の愛』のナオミのモデル）が並んで写っているのが印象的です。

初版道　2020年5月14日

昭和11年2月、佐藤春夫は弟の勤務する病院に太宰治を入院させ、妻と見舞いに行きました。そこで春夫が太宰に渡した岩波文庫2冊の内1冊は、刊行したての泉鏡花『歌行燈（うたあんどん）』です。高校時代に鏡花を耽読していた太宰はさぞや嬉しかったでしょう。ちなみに『虚構の春』では『歌行燈』を自分で買っています。

（リツイート）113　（いいね）452

岩波文庫で鏡花の作品を入れようとしたけれど、中々話がまとまりません。そこで春夫は、「それはまづ紅葉のを少くも一つ入れないでは無理であらう。わが師匠の作さへないやうな文庫は権威がないとお考へになるか、さもなくてもしそれでも権威があるものなら師匠をさし措いて自分の作の加はるのを僭越（せんえつ）とお考えへになるかどちらかであらう」と推測します。

この通りになったのは事実です。ただ紅葉の『二人女房』の岩波文庫登場は昭和三年、鏡花の『高野聖・眉かくしの霊』『歌行燈』刊行は昭和十一年なので、別の事情もあったのかもしれません。

初版道　2019年1月16日

「芥川賞の季節になるといつも太宰治を思ひ出す。」（佐藤春夫）

（リツイート）424　（いいね）1,096

菊池寛と文芸春秋社に反感を抱いていた春夫は、「芥川賞の設定にも素直にばかりは考へてゐなかつた」けれど、「芥川が死して僕と菊池との間を結んだやうな気がして」第一回から選考委員となりました（『芥川賞の人々』）。ただ最初はあまり熱心ではなかったそうです。

春夫が真剣に選考に向き合うようになった第三回で、太宰との「芥川賞事件」は起きました。後に春夫は「芥川賞などは貰はないでも立派に一家を成す才能と信じ、それを彼に自覚させたかつたのが「芥川賞」と題した彼をモデルにした作品を書いた動機でもあつた」（『稀有の才能』）と。本心だと思います。

初版道　2018年1月30日

佐藤春夫の葬儀における弔辞では、親友の堀口大学と日本ペンクラブ会長の川端康成が有名ですが、個人的には、あまり知られていない檀一雄の弔辞に最も心を動かされます。その結びをご紹介しましょう。「先生。さようなら、何れ私達がまた悠久の無に帰する迄、先生。さようなら　不徳の門弟　檀一雄」

(リツイート) 233　(いいね) 770

『小説太宰治』によれば、檀は第一小説集『花筐（はながたみ）』の装丁を依頼するため、太宰と一緒に春夫の家を訪問しました。春夫は快諾したものの、表紙の絵柄が中々決まりません。そこで同席した太宰が「花だから蝶。先生、蝶はどうかしらん……」と提案。春夫が「うむ。蝶がいいね。蝶を描こう」と応じ、この絵柄になりました。

ところが、絵が完成したのに檀は取りに行かず、春夫は太宰に「表紙の絵は出来ている。頼んでおきながら、取りに来ないのはどうしたわけだろう。檀に怒っていると伝えてくれ」と。「不徳の門弟」だったのは確かなようです。

初版道 2019年7月30日

菊池寛は芥川龍之介の作品の愛読者を自認し、「志賀君と谷崎潤一郎君と君のものと丈は、万難を排して読んで居る。読めば必ず報いられるからだ」と語っています。菊池が芥川を愛読したことは当然ですが、「万難を排して」志賀と谷崎を読んだことは驚きを禁じ得ません。さすがは小説の神様と大谷崎です。

（リツイート）184　（いいね）689

志賀と谷崎、そしてもちろん芥川も「さすが」なのですが、早くから彼らを最大級に称賛している菊池もさすがだと思います。菊池は文芸春秋社を興し、文壇の大御所であったことから、どうも作家としての評価にバイアスが掛かっているようです。

しかし作家菊池も公平な目で見られるべきでしょう。その点で人間的には菊池を好まない谷崎が、「僕は小説家としてよりも戯曲家としての菊池君を上に見るもので、一時菊池君の戯曲が演劇界を風靡したのも、まことに偶然でないのである」（『追憶』）と評したのは、やはりさすがとしか言いようがありません。

初版道　　2018年3月14日

菊池寛は「漱石全集は文学に志す人、文学を愛読する人は一度は読んで置くべきだ」とした上で、「漱石、白鳥、秋聲の作を読まずに月々出る雑誌の創作欄ばかり読んでゐるやうな人は結局つまらぬ文学青年でしかあり得ない」と断じています。漱石と並べて白鳥、秋聲の名前を挙げるところが興味深いですね。

（リツイート）265　（いいね）681

芥川龍之介など漱石信奉者が揃った第四次『新思潮』同人の中で、菊池だけは温度差がありました。一人だけ京都帝大に進学したので漱石宅訪問が遅かったことや、菊池が関心を寄せていた戯曲に漱石が無関心だったことなどが原因でした。菊池の『先生と我等』（『新思潮』「漱石先生追慕号」所収）には「自分は夏目先生の作物の愛読者ではあつたが、夫は素人が文展の絵に関心するやうな、感心のし方であった」とあります。

しかし菊池は後年、ツイート冒頭のように語りました。たとえ理解が及ばなくても、漱石を読むことの意義を自ら体験した菊池の重い言葉です。

初版道 2018年9月1日

菊池寛は夏目漱石と森鷗外を比較し、「むしろ鷗外を重んずるものだが、鷗外には『坊ちゃん』は、ないのである。『高瀬舟』位では、なかなか後世には伝はりにくいのである」と書きました。『高瀬舟』は今も国語教科書に採録され、鷗外の名は十分後世に伝わっていますが、漱石と比べれば正しい指摘です。

（リツイート）106　（いいね）405

もし『吾輩は猫である』と『坊っちゃん』が書かれていなかったら、もちろんそれでも漱石は文豪の名を欲しいままにしていたでしょうが、小説家としての評価は随分と違ったかもしれません。この初期の二作の存在が、『こころ』や『明暗』のような重厚な作品と絶妙なコントラストを成し、小説家漱石の幅を大きく広げたのです。

さらに漱石の凄いところは、成功体験をあっさりと捨てられたことだと思います。『猫』と『坊っちゃん』で喝采を受けたのに、二度と同じ作風の小説を書くことはありませんでした。でも、もう一つくらい読みたかったですね。

初版道　2019年2月21日

川端康成が16歳の娘と同棲するために、親しくもない菊池寛に仕事の紹介を依頼したら、洋行を間近に控えた菊池は詮索もせず、家賃と生活費を援助した上で、「君の小説は雑誌に紹介するやうに芥川によく頼んでおいてやる」と。菊池のずば抜けた面倒見のよさと、芥川への信頼がうかがえるエピソードです。

(リツイート) 252　(いいね) 849

菊池は「自分は何かに憤慨すると、すぐ速達を飛ばすので、一時「菊池の速達」として、知友間に知られたが、芥川だけには一度もこの速達を出したことがない」と追悼文『芥川の事ども』で書いています。また「僕と芥川は、どちらかと云へば僕の方が芥川に迷惑をかけた方が多いかと思ふ。しかし、それにも拘はらず、僕の云ふ無理は大抵きいて呉れた」とも。

どうして断れない性格と知りつつ芥川に無理をさせたのだと、恨み言を言いたくもなるけれど、まあ仕方がないでしょうね。そんな菊池を芥川は愛していたのですから。

初版道　2018年11月27日

芥川龍之介の亡き後、菊池寛が文壇で最も信頼していたのは横光利一です。横光の通夜で人目を避けて焼香を済ませた菊池は、物陰に身を隠し、眼鏡を外して涙をぬぐい、そそくさと立ち去りました。そして葬儀で弔辞を捧げた僅か２か月後に亡くなっています。それはまさに跡を追うかのような死でした。

（リツイート）302　（いいね）1,041

菊池は弔辞で「余は君を知りてより三十年に近し。老いて子を失ふより悲しきはなしと、老いて友を失ふことまた然り」と横光の死を悼みました。そして横光夫人に「横光君逝く 行く年や 悲しき事の こゝにまた　菊池寛」と書いて渡しています。

さらに菊池は『文芸春秋』に横光の追悼文を寄稿。そこには「僕の長女が、結婚する時、仲人は頼めばどんな人にでも頼めたが、僕は横光にやつて貰つたのである。僕は、始終彼を信頼し、愛してゐたのである」と最大の賛辞があります。菊池の死因は狭心症でしたが、横光の死の影響もあったのでしょう。

初版道 2018 年 5 月 7 日

近年よく耳にするのが作家の「モンスター遺族」の存在です。身内の作家を過剰に美化し、正当な批評にもクレームをつけ、研究者や出版社などが敬遠。結果として展覧会が見送られ、教科書に採録されず、新刊書店から消え、新しい読者が少なくなってしまうのに・・。最大の被害者は作家本人だと思います。

（リツイート） 1,238 （いいね） 1,658

初版道 2020 年 1 月 20 日

昨年、ある高名な日本文学研究者（近代以外）が亡くなりました。古本屋にもよく出入りしていたのですが、彼の晩年は全ての店が目録の送付を停止。理由は自分から代金を払わず、督促後の支払いも極端に遅かったから。地位や名誉など古本屋には何の意味もありません。金払いが悪いのは単なる最低の客です。

（リツイート） 189 （いいね） 485

萩原朔太郎・室生犀星ツイート

初版道　2018年2月12日

某テレビ局の人に「小道具として使いたいので、復刻本でいいから『月に吠える』を貸してほしい」と頼まれ、言下に断りました。「復刻本ならばよかろう」とばかりの物言いに腹が立ったからです。書物に対する愛情のカケラもない者に貸す本は一冊も持っていません。

（リツイート）924　（いいね）1,577

本の世界には昔から、「本を貸すバカ、借りるバカ」という言葉があります。これは個人間で貸し借りする時のことを想定した話ですが、相手が文学館や記念館、マスメディアであっても同じこと。前者の人の方が書物に対する愛情がありそうに思えますが、メディアでも本を大切に扱う人を大勢知っています。

そもそも書物を愛する人は、安易に人の蔵書を借りようとはしません。自分で探して、どうしても見つからない場合の最終手段が「借りる」ことなのです。『月に吠える』の復刻本はネットでも容易に見つかるのだから、「某テレビ局の人」はその努力もしなかったのでしょう。

初版道　2019年2月18日

石川啄木と萩原朔太郎は共に明治19年生まれです。朔太郎が文壇にデビューした時、既に啄木はこの世を去っていましたが、北原白秋よりも与謝野晶子よりも、朔太郎は啄木を評価しています。三好達治の言葉を借りれば、彼はまさに「啄木贔屓」でした。天才歌人と天才詩人を会わせてみたかったですね。

（リツイート）141　（いいね）523

啄木が天才歌人であったことに異論はないと思いますが、ここではそれを実証してみましょう。明治四十年三月、森鷗外は自宅で有名な観潮楼歌会を始めました。参加者は毎回異なりますが、佐佐木信綱・与謝野鉄幹・北原白秋・伊藤佐千夫・斎藤茂吉など当時の歌壇を代表する錚々（そうそう）たるメンバーでした。

啄木もここに明治四十一年から参加していますが、常に好成績で最高点も何度か取っています。時に啄木二十二、三歳。二十四歳年長の鷗外など、年上で歌のキャリアも長い人々に一歩も譲らず、むしろ勝っていたのです。やはり啄木は天才以外の何者でもありません。

初版道　　2018年4月24日

北原白秋は『邪宗門』を地元の人々に献じ、萩原朔太郎は『月に吠える』を群馬県の書店に早く送りました。二人にとって第一詩集は、故郷の人々に認めてもらう重要な本でした。石川啄木は歌います。「かにかくに 渋民村は 恋しかり おもひでの山 おもひでの川」詩王も詩聖も思いは同じだったのでしょう。

（リツイート）98　（いいね）358

白秋も朔太郎も故郷への思いが強い詩人でした。いや彼らだけでなく、ほとんどの作家が望郷の念を抱いていました。戦前の日本では、小説家や詩人・歌人として身を立てるなどということは一般に認知されておらず、文学を志した者は不肖の息子・娘として勘当され、ないしは家出同然にして故郷を離れたのです。

故郷への反発と憧憬（しょうけい）はそこから生まれたものでした。そんな彼らにとって、最初に出版する本は、故郷の人々を見返す、彼らに認められるためのパスポートだったのです。ちなみに啄木もまた、処女出版本の第一詩集『あこがれ』を故郷の人々に贈っています。

初版道　2018年11月12日

「萩原君も変ってるよ、僕が前橋にある彼の生家に行った時に君、日の丸の旗が立ってるじゃあないか。今日は何の祝日だったかと訊くと、なあんだ僕を迎えるために立ててくれたんだってさ。」
こちらも「僕」は白秋です。朔太郎にとっては、きっと天皇陛下をお迎えするような気分だったのでしょう。

（リツイート）161　（いいね）494

これは大正四年一月の話です。白秋は朔太郎よりも一歳九か月年上に過ぎませんが、早くから詩壇で華々しく活躍し、仰ぎ見る存在でした。日の丸の旗には朔太郎の歓迎の思いが込められていたのに違いありません。

それから二十七年後の昭和十七年五月、朔太郎はこの世を去り、当時白秋は病床にあったので、彼の名札を付けた花籠だけが祭壇横に置かれました。そして白秋もまた同年十一月に亡くなりますが、翌年の『萩原朔太郎全集』監修者には「故北原白秋」の名が。室生犀星が生前の白秋に依頼したものでした。朔太郎はさぞ喜んだことでしょう。

初版道 2018年6月25日

萩原朔太郎は『北原白秋全集』の推薦文で、「ゲーテと比類さるべき大詩人であり、正に日本の「詩人王」といふべきである。けだし白秋氏の如きは、文化が数百年の間に漸く一人しか生まない所の、稀有の天才詩人と言ふべきである」と讃えました。宮沢賢治に対する草野心平の激賞に匹敵する褒め言葉です。

（リツイート） 156　（いいね） 471

心平は「現在の詩壇に天才がゐるとしたら、わたしはその名誉ある『天才』は宮沢賢治だと言ひたい。世界の一流詩人に伍しても彼は断然異常な光りを放つてゐる」と褒め讃えました。賢治の心平宛書簡の下書きには「世界的だなどといふことは、ほんたうに数か国語にでも訳されてから云ふべきであつて、『春と修羅』にそんな可能性はまづなからう」とあり、心平が直接本人にも絶賛していたことがわかります。

朔太郎も白秋に、ラブレターでも書かないような熱烈な手紙を送り続けていました。送られた白秋も賢治も、ちょっと困ってしまったでしょうね。

初版道 2018年6月7日

谷崎潤一郎が初めて萩原朔太郎・室生犀星と会ったのは大正6年、伊香保温泉でした。谷崎は朔太郎の話しぶりを「非常に静かに、決して抑揚をつけることなく、低い調子で、うすい唇を神経質にふるはせながら、縷々として物語る」と書いています。同年刊行の『月に吠える』のイメージそのものですね。

(リツイート) 199　(いいね) 674

朔太郎は谷崎の妹の末（すえ）とそれとなく見合いをしましたが、その先には進みませんでした。佐藤春夫によれば、朔太郎は「ドイツの少女のやうな趣は悪くなかつたが、何しろあまりに潤一郎と似てゐるのがいやであつた」そうです。確かに子どもの頃の写真ですが、末の面差しは谷崎によく似ています。

ところで、谷崎の妻千代は元々前橋の芸者で、朔太郎は馴染み客でした。朔太郎は谷崎との結婚を知り、北原白秋に「第一流中の第一位の美妓として名声高かりし人なり」と千代のことを絶賛しています。ちなみに因縁深い谷崎と朔太郎は同学年です。

初版道　2020年1月19日

萩原朔太郎は堀辰雄に「自分は怪談と云ふものを好まない。ちつとも怖いと思つたことがない。しかし、さう云ふ怪談にエロチツクな要素が這入つてくると、それが妙に怖くなり出す」と語り、『牡丹燈籠（ぼたんどうろう）』を好みました。朔太郎が江戸川乱歩の作品を愛したのも「エロチツクな要素」が一要因かもしれません。

（リツイート）182　（いいね）708

朔太郎は乱歩の『人間椅子』を賞賛し、「実際、これ位に面白く読んだものは近頃無かつた」と。また『パノラマ島奇譚』を高く評価し、乱歩は「萩原朔太郎さんが、私の家の土蔵で酒を酌み交しながら、この小説をほめてくれたことを忘れない。それ以来、この作品に少しばかり対外的自信を持つようになつた」と回想しています。

一方、乱歩が最も愛読した朔太郎の本は『猫町』で、「私はこの怪談散文詩をこよなく愛してゐる」と語りました。乱歩宛の献呈署名が入った『猫町』は、他の朔太郎寄贈本と共に旧乱歩邸で現存します。

初版道　2018年6月15日

萩原朔太郎は自著の装丁を、『月に吠える』80点『青猫』70点『純情小曲集』30点『虚妄の正義』（上製）80点『氷島』80点と採点し、「以上自分で装丁したる分。他に任せたるものはすべて駄目。採点以下」とコメントしました。大した自信ですが、『月に吠える』の装丁者は恩地孝四郎です。

（リツイート）123　（いいね）376

他の本ならばともかくとして、処女詩集の装丁者を間違えてはいけませんね。誰でも記憶違いはあるので、本人の回想でも鵜呑みにできないのは当然ですが、中でも朔太郎はかなり記憶がいい加減な方でした。

朔太郎は『月に吠える』が検閲に引っ掛かり、二篇の詩のページを削除したことについて、後に「既に本は街の店頭に出て居るので、巡査が一々本屋を廻つて、その部分の詩四頁ばかりを引き裂いて行つた」と書いています。しかしこれも明らかな誤り。なぜなら本は印刷会社が削除し、当該ページに「断り書き」を貼付した上で刊行されたからです。

初版道　2019年9月9日

室生犀星の詩『本』。季節違いだけれど、美しい詩はいつ読んでも美しいです。そして「新しい頁をきりはなつ」（アンカットのこと）と書いた時、意識せずとも犀星は初版本を思い描いたに違いありません。それは、あるいは盟友・萩原朔太郎の詩集だったのでしょうか。この詩に心から共感できて幸せです。

（リツイート）505　（いいね）1,606

室生犀星『本』

本を読むならいまだ
新しい頁をきりはなつとき
紙の花粉は匂ひよく立つ
そとの賑やかな新緑まで
ペエジにとぢこめられてゐるやうだ
本は美しい信愛をもつて私を囲んでゐる

処女詩集の中で「君のいふやうに二魂一体だ」「私はもはや君と離れることはないであらう」（「萩原に与へたる詩」『愛の詩集』所収）と朔太郎に語りかけた犀星。その彼が信愛をもって囲まれる「本」は『月に吠える』以外には考えられないでしょう。ちなみに犀星宛の『月に吠える』は現存が確認できません。

初版道　2018年11月11日

「若いころの室生君はおもしろかったよ、浅草の草津という料亭に僕を招いてくれた時のことだが、その席に侍った太っちょのロシア女の肌を見て、『君、君、君の肌は昆虫の羽のようだね、僕に触らせてくれませんか』などと大袈裟な物の言い方をするんだよ。」OKが出たかは存じません。「僕」は白秋です。

（リツイート）181　（いいね）598

見ず知らずの室生犀星から送ってきた詩の原稿を、主宰雑誌に掲載した時のことを、北原白秋は後に「君くらい原稿の字の拙い男はない。あて字だらけでみみずの赤ん坊のようでまるで読めなかった」と本人に話したそうです。ではなぜ載せたのか。それは「字は字になっていないが、詩は詩になっていた」から。

この時の詩が「ふるさとは遠きにありて思ふもの」で知られる『小景異情』です。もし字が字になっていないという理由で落とす選者だったら、犀星は詩人に、そして小説家になれなかったかもしれません。詩が詩になっていたとわかる白秋が選者で、犀星は幸運でした。

初版道　2018年9月19日

室生犀星は、いつも牛乳を飲むと「愛情を溶かしたものではなからうか」と感じ、「牛乳ほど愛情のこまやかな飲料は古今に稀であらう」と書いています。母乳の話ではありませんが、生後すぐに実母から引き離された犀星の悲しみを連想してしまうのは、思い込みが強すぎるでしょうか。

（リツイート）249　（いいね）902

犀星は第一詩集よりも第二詩集の人気が高い数少ない例外的な詩人です。北原白秋も彼の第二詩集の序文に「私は『愛の詩集』よりも此の『抒情小曲集』に、より深い純正を感じ愛着を感じ、追憶の快味をも感ずる」と明言しています。

『抒情小曲集』が人の心を捉えるのは、「私は抒情詩を愛する。わけても自分の踏み来つた郷土や、愛や感傷やを愛する」という犀星の感情がすべて凝縮された詩集だからでしょう。その望郷の念は、顔も知らぬ母への愛につながっていたのだと思います。犀星にとって故郷は「遠きにありて思ふもの そして悲しくうたふもの」だったのです。

初版道　2018年4月26日

室生犀星は装丁に深い関心を抱いた作家で、「他人の本はあまり見ませんが芥川君・佐藤君の書物には注意深い周到さが検印の朱肉にまでその跡をみせてゐるのにいつも感心してゐるのです」と書いています。朱肉までチェックしているのは流石ですが、芥川と春夫が本当にそこまで拘ったかはよく分りません。

（リツイート）145　（いいね）538

芥川龍之介の著書の大多数を装丁した小穴隆一は、『沙羅の花』『春服』などの本でタイトルや著者名を幼い妹の尚子に書かせました。書にも一家言あり、『羅生門』の題簽（だいせん）を書家として高名な恩師菅虎雄に依頼した芥川が、この幼女の文字を「可愛い」とか「暖かい」と喜んだのでしょうか。不思議です。

一方、犀星は自装の本が多く、題字も自分で書いています。その犀星は、芥川の長男比呂志による『芥川龍之介全集』の題字を「稚拙を超越した見事さをもつてゐる」と賞賛しました。もっとも急に大役を押し付けられた比呂志本人は、気が進まなかったそうです。

初版道　2018年3月15日

室生犀星は、芥川龍之介をモデルとした岡本かの子『鶴は病みき』について、「私はとびとびに読んで慌てて中止した。私がこれを読まないことが私を安らかにするし、読了すれば私は怒り出すかも知れないのである」と書きました。芥川死して9年、犀星の変わらぬ彼への愛情を感じます。

（リツイート）145　（いいね）443

犀星は萩原朔太郎が詩人の岡本潤と口論になった時、「野猪のやうに椅子を振りまはして」友人の加勢をしようとしました。その顛末を記した朔太郎の『中央亭騒動事件』を読んだ芥川は、犀星に「大いに感動した　敬愛する室生犀星よ、椅子をふりまはせ　椅子をふりまはせ」と手紙を書いています。友情に厚い犀星ならではのエピソードです。

『鶴は病みき』を最後まで読んだら犀星はどうしたのでしょうか。もちろん椅子は振り回さないけれど、かの子に抗議の手紙を送ったり、雑誌に反論を投稿したかもしれません。それを読んでみたかった気もします。

初版道　2020年5月5日

室生犀星は早くに太宰治を評価していた作家の一人でした。『虚構の春』について「人を莫迦にした作品だといふ人もゐたが」「萩原朔太郎氏の初期の詩も北原白秋氏の『邪宗門』もともに当時にあつて変梃子（へんてこ）な風変わりなものであつた」と。昭和11年になっても朔太郎と白秋を例に挙げるところが犀星ですね。

（リツイート）120　♡（いいね）671

犀星と太宰は共にロシア文学に関心が深く、中でも注目に値するのがドストエフスキーの『虐げられた人びと』に出てくる少女ネルリです。犀星は『愛の詩集』のため恩地孝四郎にネルリの像を描いてもらい、表紙や函などに用いました。さらに巻末には「エレナと曰へる少女ネルリのこと」を収めています。

太宰も『葉』と『川端康成へ』でネルリを登場させ、後者では「ふとあなたの私に対するネルリのやうな、ひねこびた熱い強烈な愛情をずつと奥底に感じた」と書いています。ただ、犀星のネルリへの思い入れを知っていたかどうかはわかりません。

初版道　2018年5月28日

昭和28年の今日、堀辰雄が死去。「君にあつたほどの人はみな君を好み、君をいい人だといつた。そんないい人がさきに死ななければならない、どうか、君は君の好きなところに行つて下さい、堀辰雄よ、さよなら」師事した室生犀星の弔辞です。堀は天国のもう一人の師、芥川龍之介の所へ行ったのでしょう。

（リツイート）301　（いいね）887

犀星は萩原朔太郎の全集を刊行する出版社を巡って、三好達治と喧嘩した時の堀の言動を書き残しています。

「顔色を蒼く沈ませて、思いのほかのおちつきで、三好に、先輩には先輩の礼儀もあるんだから、も少し控え目に相談するんだと堀は仲裁役をうけ持って言った。私達はこんな事に口出しを決してしないはずの堀辰雄の顔をちょっと見て、その顔色のアオサがこちらにもサッと影響して黙りこんだ。」

「つまり堀という男はその気質を持って対手にいつも善意をあたえていたのだ」この犀星の言葉がすべてを言い当てていると思います。

初版道　2017年10月29日

秋の読書週間が始まり、明日は多くの小中高の集会で校長が「読書の大切さ」について話すでしょう。しかし、その言葉に感化されて図書室に行く児童・生徒は極めて少ないのです。それよりも、担任教師がHRで「私のとっておきの1冊」を紹介する方が、はるかに子どもたちの興味・関心を惹くと思います。

（リツイート）499　（いいね）816

初版道　2020年3月12日

学校が臨時休校の期間中、子どもたちに読書を奨励すること自体は結構ですが、くれぐれも同調圧力とならないように願います。強制された読書がきっかけで、本好きになった子どもはほとんどいないと思いますから。

（リツイート）168　（いいね）495

志賀直哉・武者小路実篤ツイート

初版道　2018年11月24日

志賀直哉は昭和８年の日記に「小林多喜二二月二十日（余の誕生日）に捕へられ死す、警官に殺されたるらし、実に不愉快、一度きり会はぬが自分は小林よりよき印象をうけ好きなり」と。ちなみに志賀宛の『蟹工船』は日本近代文学館蔵。改訂版しか手許にない多喜二は、古本屋で初版本を買って寄贈しました。

（リツイート）228　（いいね）642

『蟹工船』の初版本は昭和四年九月に刊行されましたが、多喜二は志賀宛の献呈ページに一九三一年六月四日と書いています。一九三一年（昭和六年）には改訂版が出ているのに、多喜二はわざわざ初版本を探して寄贈したのです。志賀は二回に分けてお礼と感想の手紙を送りました。

『蟹工船』を寄贈した年の十一月、多喜二は奈良の志賀家を訪問し一泊しています。地下に潜っていた時期でした。日記の続きには「アンタンたる気持になる。不図（ふと）彼等の意図ものになるべしといふ気する」と。志賀の憤りと多喜二への同情がうかがえます。

初版道　2020年2月20日

今日は石川啄木と志賀直哉の誕生日です。志賀が三歳年上ですが、文壇デビューは啄木の方がずっと早く、明治38年に処女詩集『あこがれ』を刊行した時、志賀はまだ学習院高等科の生徒でした。そして大正2年、志賀の第一小説集『留女』が出た時、既に啄木はこの世の人ではなかったのです。

（リツイート）289　（いいね）830

処女出版本の刊行年にこれだけ開きがあるのだから、啄木の方が年長のように誤解されるのは当然。夏目漱石との関係を考えても、志賀にとっては東京帝大の恩師でしたが、啄木にとっては朝日新聞社の同僚だったのです。

雑誌『白樺』の創刊は明治四十三年なので、啄木も二年くらいは読むことができましたが、志賀や武者小路実篤だけでなく、歌人の代表格である木下利玄などにも無関心でした。それ以前に森鷗外邸で利玄の師佐佐木信綱と歌会で競い、十四歳年上の彼を「佐佐木君」「信綱君」と日記に記していた啄木は、その弟子など気にも留めなかったのでしょう。

初版道 2019年1月28日

三島由紀夫は志賀直哉について、「氏は作家の一種の衛生術として、自分の資質にあはない文学を拒絶する型の作家であります。かういふ型の作家はほとんど無意識に、自分と質のあはない文学を頭から受けつけないのであります」と。志賀と「あはない文学」。三島の脳裏に浮かんだのは太宰治でしょうか。

(リツイート) 173　(いいね) 511

三島の『文章読本』には志賀が随所に登場します。「動物を表現した良い文章」では「これは誰に聞いても志賀直哉氏の「城の崎にて」をあげるのが常識になってゐます」として、いもりに石を投げて殺してしまう場面を紹介。「これは全く即物的に動物を描写したものですが、即物的に描写することによつて象徴に達するといふことは日本文章の極意とされてゐました」と説明しました。

学習院の大先輩である志賀は、文学的に縁遠いように見える三島にも大きな影響を与えていたのは確かでしょう。ちなみに、『文章読本』に太宰は一切出てきません。

初版道 2018年6月18日

武者小路実篤は「夏目さんを一番敬愛」し、大学では学科が違うのに漱石の講義を2回聴講しました。『白樺』創刊号の「『それから』に就て」を褒める漱石の手紙に大喜びした実篤は、志賀直哉に電話をかけ、文面を読み聞かせたそうです。ちなみに漱石宅に電話が付いたのは2年後。さすがは実篤であります。

(リツイート) 187　(いいね) 554

漱石が家に電話を付けたのは大正元年十二月のことでした。小説に電話が登場するのは意外に早く、処女作の『吾輩は猫である』の最初の方に「女はしきりに喋舌つて居るが相手の声が少しも聞こえないのは、噂にきく電話といふものであらう」とあります。明治三十八年の文章なので、漱石宅に電話が引かれるまで七年も経っているわけです。

漱石と電話については、朝日新聞社への掛け方がわからなかったとか、小宮豊隆の電話に出たら書生と間違えられて妻への伝言を頼まれた、といった話が残っています。漱石先生は電話とあまり相性が良くなかったようですね。

初版道　2018年6月29日

武者小路実篤は夏目漱石と親しく交流していましたが、あることを契機に疎遠に。しかし漱石死去の報に「本当にがつかりした」実篤は、滅多に行かない葬式に参列しました。「僕は今でも夏目さんのことを思ふと、何となく愛されてゐたような温い気持ちを受ける。」実篤らしい、漱石没後23年目の言葉です。

（リツイート）192　（いいね）787

大正四年、『わしも知らない』が初めて上演された時、漱石を招待した実篤は礼状の言葉に不快感を抱き、以後距離を置くようになりました。ただ漱石の手紙は好意に満ち溢れた内容で、実篤の若気の至りのように思えます。実篤は漱石と絶縁したわけではなく、音楽会で会って話もしているのだから、時間が経てばわだかまりは消えていたでしょう。

しかし翌年の漱石の死により、二人の交流が復活する機会は永久に失われました。それでも実篤は、追悼文の末尾に「今でもその恩は忘れたくないと思つてゐる」と記し、終生その恩を忘れなかったのです。

初版道　2018年5月12日

今日は武者小路実篤の誕生日です。人道主義・理想主義に基づき人間愛を重視した白樺派の文学は、芥川龍之介をして「我々は大抵、武者小路氏が文壇の天窓を開け放つて、爽な空気を入れた事を愉快に感じてゐるものだつた」と言わしめました。白樺派を主導したのは小説の神様ではなく、彼だったのです。

（リツイート）144　（いいね）460

実篤の登場がいかに鮮烈なものであったか、それは大正期を代表する新潮社の「新進作家叢書」のラインナップを見てもわかります。この当時の有望な新人・中堅作家を選んだ叢書全四十五冊において、実篤の『新らしき家』（大正六年五月）はトップバッターだったのです（志賀は四番、芥川は八番）。これがその頃の大方の評価でした。

今日では小説家として実篤を志賀の上に置く人は少数派でしょう。しかし新感覚派における横光利一と同じように、白樺派を牽引して文壇に新風を吹き込んだ実篤の功績は決して変わりません。彼もまた近代文学の巨人です。

初版道 2019年5月12日

今日は武者小路実篤の誕生日です。実篤を始め志賀直哉・谷崎潤一郎などは、当時の平均寿命を遥かに超えて生き、近代文学史に大きな足跡を残しました。いつの時代も、芥川龍之介・中原中也・太宰治など若くして亡くなった作家に人気は集まりがちですが、天寿を全うした誠にあっぱれな人生であります。

(リツイート) 143　(いいね) 514

昭和四十五年十一月、実篤は健康を害していた志賀に書を所望され、次のように書いています。「直哉兄 この世に生きて君とあい 君と一緒に仕事した 君も僕も独立人 自分の書きたい事を書いて来た 何年たつても君は君僕は僕 よき友達持つて正直にものを言う 実にたのしい二人は友達」

時に実篤八十五歳、志賀八十七歳で、二人が出会ってから七十年近い月日が流れていました。これを受け取った病床の志賀がどれだけ慰められたか、想像に難くありません。一年後、志賀死去。青山斎場での葬儀には、親友と最後の別れをする実篤の姿も見られました。

初版道 2019年12月8日

フォロワーさんから「学校の図書館に近代文学の本が少なくて」という嘆きの言葉が届いたので、「伊達直人」で送ろうかと。でも善意の押し付けは迷惑だと思い、本人の了解の下で学校に連絡したら「いりません」の一言。しかも全クラスのホームルームで「犯人探し」まで。本の寄贈の難しさを学びました。

(リツイート) 1,729 (いいね) 3,162

初版道 2020年3月6日

日本の近代作家や文学について「世界的に有名な人物は一人もいない」とか、「ニューヨークで尋ねても、作品を知っている人はほとんどいない」といった批判をよく耳にします。しかしそんなことはどうでもいいです。自分が知っていて、自分の周囲の人も知っている。狭いと言われようが、それで十分です。

(リツイート) 84 (いいね) 413

谷崎潤一郎・永井荷風ツイート

初版道　2018年1月7日

素晴らしい所が沢山あるのに、自信があまりにもない若者を数多く見てきました。謙虚であることは大切だし、自信過剰は感心しませんが、自分を過小評価するのも勿体ないです。だから新成人に、そして若い方々に、あえて谷崎潤一郎の「たとへ神に見放されても私は私自身を信じる」という言葉を贈ります。

（リツイート）685　（いいね）1,437

新潮社「現代小説全集」の『谷崎潤一郎集』の口絵に使われた言葉です。シャーロック・ホームズは『ギリシャ語通訳』の中で「自分の能力を過小評価するのは過大評価するのと同じように事実に反する」と語っています。小学生の時にこれを読んで以来、自己評価は正確にしようと心掛けているつもりだけれど、他人の評価はわかりません。

谷崎の自信が過剰なのかは意見が分かれるでしょう。文豪であろうとも、神をも恐れぬと宣言しているようなものだから。ただ、こんなことを文学全集の巻頭で公に宣言しても、一笑に付されないのが谷崎の偉大なところです。

初版道　　2019年2月2日

他人に理解されないと思い悩む時があったら、「我といふ 人の心は たゞひとり われより外に 知る人はなし」という歌を思い出してください。自分を知るのは自分だけ。理解されないのではなく、他人には理解できないものなのだと。少しは気が楽になるかもしれません。歌の作者は谷崎潤一郎です。

（リツイート）1,145　（いいね）2,751

谷崎は文学も私生活も他人から理解されないことが多く、批判の的にもなってきた人でした。だからこの歌には、そうした風潮に反発し、自らを鼓舞する思いが込められていたのでしょうか。

もっとも谷崎の場合には、最初期の『刺青』から最晩年の『瘋癲（ふうてん）老人日記』までずっと女性の足の美しさを追い求めたり、佐藤春夫への「細君譲渡事件」を起こしたりと、常人の理解を超越したところがあるのも確かです。『鍵』は国会でも青少年保護の立場から議論が交わされました。七十歳になっても枯れることなく精力的だった作家は、近代文学史上で谷崎しかいません。まさに超人です。

初版道　2018年12月29日

世の中でコミュニケーション能力や対人関係能力が大切なのは確かですが、それを強調するあまり、他人になかなか心を開けない性格の人が息苦しさを感じる社会になってはいけないと思います。「僕は親子兄弟と云ふ血縁の関係にある者に対しても打ち解ける事が出来ない。」谷崎潤一郎の言葉です。

(リツイート) 367　(いいね) 1,009

就職試験だけでなく、大学入試でも面接が重視される時代になりました。それ自体は正しいことかもしれませんが、単に話し上手な人が有利にならない配慮は絶対に必要でしょう。口が重くても、思考力に優れ、人間性が高い人は大勢いるのですから。

ところで谷崎は弟精二と絶縁状態にあった時、彼の妻の告別式に参列し、手紙の往復が復活しました。「他人でも、兄弟でも、喧嘩をしたらまづ目上の方から折れて出るものです。君もよく覚えておきなさい。」精二の早稲田大学での上司吉江喬松の言葉です。喧嘩の理由にもよるけれど、良い言葉だと思います。

初版道　2018年11月20日

三島由紀夫は「谷崎氏は、芥川の敗北を見て、持ち前のマゾヒストの自信を以て、『俺ならもつとずつとずつとうまく敗北して、さうして永生きしてやる』と呟いたにちがひない」と書いています。「マゾヒストの自信」が言い得て妙ですね。

（リツイート）128　（いいね）496

谷崎は芥川の没後、「地下の芥川君は、「此れでやうやう楽になつたよ」と、今頃は好きなマドロスパイプでも咬へて、疲れた体をほつと休めてゐるのではなからうか」と労わりました。でも確かに、内心では「自分ならば死なない」と思っていた気がします。

ところで、三島は批評家としての眼も非常に鋭いものがありました。「芥川は自殺が好きだつたから、自殺したのだ。私はさういふ生き方をきらひであつても、何も人の生き方に咎め立てする権利はない」という言葉も三島らしいですね。三島は自殺が好きではないのに自殺したのかもしれません。

初版道　2018年10月2日

三島由紀夫は谷崎潤一郎を「内心は王者をも拉ぐ気位を持つてゐたらうが、終生、下町風の腰の低さを持つてゐた人」と評し、三島が席に忘れたコートを、追いかけて渡してくれたことを回想。「文士の世界では、どんなヒヨッコでも一応、表向きは一国一城の主として扱へ」というモラルを教わったそうです。

（リツイート）287　（いいね）871

谷崎の『文章読本』の影響を受けて自らも『文章読本』を発表した三島は、その中で「谷崎氏の初期の文章はまことに人を陶酔させる文章でした。ここには上等なとろりとしたお酒の味はひがあります。それは目を楽しませ、人をあやしい麻薬でもつて現実や理性から背けさせます」と書いています。

ここにある谷崎の文章は、三島の文章とはかなり異質なものなのでしょう。三島は同じ耽美主義系統の作家ではあっても、自分と谷崎の似て非なる部分を強く意識していたのだと思います。どちらも素晴らしい日本近代文学の宝であることは言うまでもありません。

初版道　2018年9月11日

谷崎潤一郎は北原白秋の雑誌追悼号で、「もう十年、氏を盲目の世界に生かして置いたら、どんな境地まで進展したであらうかと思つて、それを限りなく惜しむのみである」と語っています。追悼文としてユニークなこと他に比類なく、さすがは『春琴抄』の作者としか言いようがありません。

（リツイート）258　（いいね）850

谷崎と白秋はあることをきっかけに不仲となり、それ以後会うことはありませんでした。しかし谷崎が白秋の才を認めていたことは、初期の小説『詩人のわかれ（此の一篇を北原白秋に贈る）』に「彼等はFの詩人としての才分に充分の敬意を払つてゐながら、その肌合が違ふために、古い友人であるにも拘らず、あんまり往復をせずにゐたのです」とあることからもうかがえます（Fが白秋）。

谷崎は白秋の没後にも「私の方は終始一貫、氏に対して変ることなき尊敬の情を抱き続けた」と書きました。白秋の怒りは早くに解けていたので、再会の機会がなかったことが残念です。

初版道 2018年2月3日

谷崎潤一郎が永井荷風と夜の街を散歩している時、荷風は有島武郎の心中について「こんな詰まらない死に方はないな、私ならどんなことがあつたつて、決してこんなことで死にはしないな」と語ったそうです。なるほど荷風に情死は似合いませんね。谷崎も「この言葉には故先生の面目が躍如」としています。

（リツイート） 146　（いいね） 462

有島と情死した波多野秋子は『婦人公論』の記者だったので、中央公論社と関係が深い谷崎と荷風も面識がありました。特に谷崎は何度も会い、『名妓の持つ眼』という文章を書いています。

谷崎によれば、秋子は異様に美しい眼の力をした人目を惹く美人で、母親が新橋の芸者をしていたことから「あの眼はいかにも名妓などの持つ眼だ」と考えたようです。谷崎家では「美しくていや味のない、感じのいい人」と評判が良かったとのことで、気難しい荷風からも原稿を貰えたのがわかる気がします。谷崎も荷風も、有島がちょっぴり羨ましかったのかもしれませんね。

初版道　2018年7月9日

坂口安吾が語る永井荷風。「荷風の部屋へ行くと惨憺（さんたん）たるものださうだ。二ケ月くらゐ掃除をしてをらんのだ。それでずゐぶん散らかつてゐる中に住んでゐて、部屋がない、部屋がないといつて、部屋を探しに歩いてゐるさうだ。さういふのは趣味だと思ふね。」荷風も安吾にだけは言われたくないでしょうね。

（リツイート）336　（いいね）915

あまりにも有名な安吾の仕事場の写真を見ると、荷風の部屋の方がまだましではないかと思うほどひどい状態です。安吾の言葉を借りれば、彼もまた部屋を「惨憺たるもの」にさせておくのが趣味だったのかもしれません。

この二人に匹敵するほど部屋（書斎）が散らかっていた作家は誰か。色々と探してみましたが、本が山積みになっている人は数多くいるものの、ゴミまで放置された部屋は見つかりませんでした。武者小路実篤の所も一見雑然としていますが、絵の題材の野菜や果物などが目立つからでしょう。やはり荷風と安吾に比肩できる人はいないようです。

初版道　2017年9月18日

佐藤春夫は、絶縁された永井荷風の霊前にマロニエの枝と一緒に弔詞を奉げました。「奉る小園の花一枝 み霊よ見そなはせ まろにえ 巴里の青嵐に黒き髪なびけけん 師が在りし日を われら偲びまつれバ」しかし、この敬慕の念はすぐ嫌悪に変わります。春夫は荷風に恋し、そして破れたのです。

（リツイート）259　（いいね）551

荷風の死から四年後、春夫は『読売新聞』連載中の『詩文半世紀』に『妖人永井荷風』を寄稿しました。そして、無視されても日記で批判されても敬愛していた荷風を、「この人は晩年、脳梅毒でもかかっていたのではなかったかと思われる」などと悪しざまに罵ったのです。

春夫を豹変させたのは、荷風の知人が本人から聞いた話として、春夫が印税を着服したと言いふらしていることでした。ただ真偽のほども定かではない話に激怒し、反論ができない故人の人格攻撃をすることは、決して褒められたことではないでしょう。この件で名を落としたのは、むしろ春夫だと思います。

初版道　　2019年4月30日

昭和34年4月10日、天皇皇后両陛下は結婚され、その20日後の4月30日、永井荷風がこの世を去りました。そして荷風忌の今日、平成は終わりを告げます。テレビはほとんど改元一色ですが、毎年恒例の『濹東綺譚』を読んで、平成最後の瞬間を迎えたいと思います。

（リツイート）152　（いいね）494

それから一年、私たちは新型コロナウイルス感染症の大流行により緊急事態宣言が発動される中で、令和二年四月三十日を迎えました。今年も『濹東綺譚』（もちろん最初の私家版）を手に取りましたが、何となく落ち着きません。こんな心境になったのは初めてでした。

ふと「荷風だったら今どうしていただろう」と思いました。晩年日課のようにしていた浅草通いができない不満を、日記にぶちまけていたでしょうか。それとも平常心を保っていたでしょうか。ちなみに、終戦の日の『断腸亭日乗』には「休戦の祝宴を張り皆々酔うて寝に就きぬ」とあります。

初版道　2019年7月13日

文京区立森鷗外記念館の「鷗外と永井荷風」展に、近代初版本の横綱と称される発禁本『ふらんす物語』の著者旧蔵修正書入れ本を出品します。貸与した本がボロボロで帰ってきた悪夢の体験以来、文学展等への本の出品は断ってきましたが、学芸員の方を信用しました。伝説の書の最善本を是非ご覧ください。

(リツイート) 214　(いいね) 477

近代文学を代表する二冊の伝説の本は、永井荷風の『ふらんす物語』（明治四十一年）と北村透谷の『楚囚之詩』（明治二十二年）です。『ふらんす物語』は発売禁止処分を受け、製本段階で押収されました。また『楚囚之詩』は本の完成直後、著者が自らの意思で廃棄しています。共に数奇な運命をたどり、今でも少部数しか確認されていません。

　とりわけ家蔵の『ふらんす物語』は、著者自らが戦後まで秘蔵した大珍本です。荷風は戦火により家を焼き出されていますが、肌身離さず持って逃げたのでしょうか。本を手にして想像の翼が広がります。

初版道 2018年5月20日

子どもの頃､大人に「マンガを読むとバカになる」とよく言われましたが、マンガを読んだことが原因でバカになった人間を１人も知りません。近年は「ゲームをするとバカになる」という話を耳にしますが、同じでしょう。「〇〇をするとバカになる」の〇〇に当てはまるものは、ほとんど無いと思います。

(リツイート) 376 (いいね) 685

初版道 2020年4月19日

古本屋に関するメディアの取材が増えていますが、ブックオフしか行ったことがない方も多いようです。「定価よりも高くて売れるんですか？」とか「1冊1冊消毒してるんですか？」など「そんなことを聞くのか」と思う質問も。これが世間一般の古本屋への認識なのか、単なる知識不足なのかは存じません。

(リツイート) 227 (いいね) 523

泉鏡花ツイート

初版道　2018年7月12日

泉鏡花と志賀直哉が一度だけ将棋をした時、駒を並べて始めようとしたら、飛車と飛車、角と角が向き合っていました。志賀が遠慮がちに注意すると、鏡花は慌てて置き直しましたが、実は間違って置いていたのは志賀の方でした。二人ともへぼ将棋だったのかもしれませんね。ちなみに勝ったのは鏡花です。

（リツイート）431　（いいね）1,280

同じ白樺派の里見弴は鏡花に心酔して深く交流しましたが、鏡花と志賀が落ち着いて話をしたのは、この珍妙な将棋の時だけだったそうです。しかし志賀も若い頃から鏡花の作品をかなり愛読しており、敬意を抱いていたことは間違いありません。

　志賀が最後に鏡花と会ったのは、谷崎潤一郎の娘鮎子の結婚披露宴の時でした。志賀によれば、初めて仲人を務めた鏡花は緊張を和らげるため挨拶の前に酒を飲んでいましたが、そのスピーチは型にはまっておらず、大変良かったとのことです。それから半年も経たずに、鏡花はこの世の人ではなくなりました。

初版道　2018年5月31日

泉鏡花は尾崎紅葉から「何でも構わず多く読め」「銭さへあれば本を買つて置け、どんな本でも三年立つうちには必ず役に立つ」と教えられました。鏡花によれば、紅葉は朝から深夜まで原稿を執筆しても、いつも床に入ってから読書をしたそうです。死期が迫る中、百科事典を購入した逸話を思い出します。

（リツイート）405　（いいね）1,163

紅葉の没後すぐに『阿免乃安渡』（あめのあと）という私家版の配り本が作られました。紅葉の壮健時・入院中・退院後・往生・解剖・葬式の写真を掲載したもので、少部数の制作だったのか滅多に目にしません。

入院中の写真は二枚。一枚はベッドの上で紅葉が本を読んでいる写真で、机には本が山積みになっています。もう一枚は病室の机に向かっていて、やはり本が何冊か置いてあり、鏡花の証言が事実であったことを今に伝える写真です。なお写真にはワインのボトルらしきものが写っています。胃がんだった紅葉がまさか……。

初版道 2018年6月17日

『金色夜叉』の新聞連載を愛読していた若い女性が死に際し、続きを墓に手向けてと遺言。それを泉鏡花から聞いた尾崎紅葉は「あゝ、然ういふのは、作者の守り神といつていゝな。疎かに思ふなよ、お前なぞも」と教えました。「七たび生れかはつて文章を大成せむ。」鏡花が伝える紅葉の臨終の言葉です。

（リツイート）392　（いいね）1,257

明治三十六年十月、紅葉の葬儀の行列は神楽坂に近い横寺町の自宅から青山墓地まで向かいましたが、沿道は人で溢れ、さながら大名行列のようでした。志賀直哉も休み時間で学校の運動場にいたので、塀に登って見学したそうです。位牌を持って棺に付き添って歩く鏡花を見たかもしれないと書いています。

鏡花は葬儀で門下生代表の弔詞を捧げました。四百字の原稿用紙一枚で足りる短い文章ですが、「御恩の一端だも酬い奉る事はせで、御死骸を御墓に送り奉りつゝ、今は何事も申すべき辞（ことば）なし」という言葉には、彼のすべての思いが詰まっています。

初版道 2018年6月12日

泉鏡花は森鷗外への追悼文の冒頭で、「先生と言はなければならないのでせうけれど、私には唯一人、紅葉先生がありますから、これは笑つて御免下さい、未だ嘗て誰方をも先生と呼んだことはありません」と断り、以後「森さん」「鷗外さん」で通しています。こういう鏡花がたまらなく好きです。

（リツイート）772 （いいね）2,272

尾崎紅葉に対する鏡花の崇拝ぶりが尋常でないことは、多くの人が書き残しています。徳田秋聲によれば「先生の手紙を投函する時には、それが紛失してしまひはしないかと怖れ、入れたあとでお呪（まじない）のやうに三度も函の周囲をまはるといふ風であつた」そうです。

鏡花は創作面でも紅葉に気を遣いました。文中に「紅葉」（もみじ）という文字を避けて「霜葉朱葉その他の文字」を使ったのです。「紅葉」が一度も出てこないかは知りませんが、確かに「折から菊、朱葉の長廊下を」（『妖魔の辻占』）などの用例はたくさんあります。鏡花を弟子に持った紅葉は幸せですね。

初版道　2018年7月28日

泉鏡花によれば、小説を初めて褒めてくれたのは樋口一葉で、作品は『夜行巡査』でした。人づてに「近頃にない大変面白いと思つて読みましたつて、お夏さんが賞めてましたよ」と言われ、「半分夢中で聞いた位、其時、嬉しかつたの何んの」と回想しています。「何んの」に実感がこもっていて可愛いです。

（リツイート）290　（いいね）1,031

明治二十九年、鏡花は博文館の「日用百科全書」の編集員として、これの一冊『通俗書簡文』の執筆者である一葉の家を何度か訪問しました。現存が確認できる鏡花から一葉宛の書簡は二通で、二人の交流の一端を知ることができます。

しかし一葉から鏡花に宛てた書簡は未発見で、そもそも存在しなかったのかもしれません。一葉の日記に鏡花の名が全く出てこないことから、嫌っていたという説もあります。一方、鏡花は一葉の影響を受け、小説の中にも登場させました。出会って一年足らずで黄泉（よみ）の国に旅立った一葉を、一歳年下の鏡花が慕っていたことは疑いようのない事実です。

初版道　2018年6月9日

恋愛小説に対する批判は昔からあったようですが、泉鏡花は「恋愛小説を陳腐だと云つて攻撃する者がありますが、地球の形だつて何時も円いではありませぬか」と反論しました。さすがは鏡花小史、「地球の形」を例に挙げるとはスケールが違います。

(リツイート) 442　(いいね) 1,063

自然主義文学全盛の時代に執筆活動をしていた鏡花は、作風への批判と共に仕事の依頼が少ないことで金銭的にも苦労しました。月末の支払いに困って、夏目漱石の元に原稿を持ち込んだこともあります。漱石は事情を察してすぐに対応し、『白鷺』が『朝日新聞』に掲載されることになったのです。

鏡花が漱石と親しく話をしたのは、これが最初で最後であったと思います。「品があつて、遠慮はないまでも、礼は失はせない。そしてね、相対すると、まるで暑さを忘れましたつけ、涼しい、潔い方でした。」漱石が鏡花に引け目を感じさせなかったことがわかる言葉です。

初版道　2019年4月23日

泉鏡花は小説を書くことについて「何よりも楽しい、嬉しい、懐しいものだと思つて居る」と語っています。「小説を書くのが実につらい」とこぼしていた芥川龍之介が聞いたら卒倒しそうです。

（リツイート）237　（いいね）921

書くことについてあまりにも両極端な考えですが、鏡花の文体について、三島由紀夫は長編小説に適していると指摘し、次のように述べています。

「作者は読者と同様に自分の文章に身をまかせて、ほろ酔ひ機嫌で進んでいくやうに見えるのであります。鏡花の物語は思想的な主題もなく、知的な個性もありませんが、厳然とした物語の世界を長々と展開することができました。」

芥川が長編小説を書けなかった一因は、思想的な主題に汲々（きゅうきゅう）としていたからかもしれません。芥川という作家は、決してほろ酔い気分で楽しく小説を執筆することはできなかったのです。

初版道　　2019年2月24日

芥川龍之介は「彼は妖怪を愛した。しかし妖怪の存在を信じては居なかった」と書いています。泉鏡花だったら「彼は妖怪を愛した。もちろん妖怪の存在を信じて居た」と書いたでしょう。

(リツイート) 85　(いいね) 458

妖怪を信じていなかったのが事実だとしても、芥川が妖怪を含めた怪奇現象に強い関心があったことは間違いありません。彼は高校時代には妖怪の話をまとめたノート『椒図志異』を作り、作家になってからも『妖婆』『妙な話』『奇怪な再会』など怪奇趣味に基づいた作品を発表しています。

芥川のユニークなのは、現代社会と怪奇現象の接点を意識していたことだと思います。「一般に近頃の小説では、幽霊―或は妖怪の書き方が、余程科学的になつてゐる」(『近頃の幽霊』)といった視点は鏡花にはないものでした。鏡花には「科学的」など無縁だったのです。

初版道　2017年10月15日

芥川龍之介の通夜に参列した泉鏡花は、書斎の火鉢の傍らにあった『鏡花全集』巻十五を目にします。全集の推薦文を書いた芥川は、この最終巻を繙く余力が残っていたのでしょうか。後に鏡花は次のように自筆年譜に記しています。「其の月の配本第十五巻、蔽を払はれたりしを視て、思はず涙さしぐみぬ。」

（リツイート）134　（いいね）367

自分の全集の最終巻が書斎に置かれているのを見て、鏡花は「鏡花泉先生は古今に独歩する文宗なり」で始まり「仰ぎ願くは瀏覧を賜へ」で終わる芥川の広告文『「鏡花全集」目録開口』を、すぐに思い出したでしょう。そして涙したのに違いありません。

芥川の葬儀で鏡花は先輩総代として弔辞を読みました。その下書きは夥しい修正が施され、心から敬愛する芥川への別れの言葉に、鏡花が心血を注いだことを物語っています。「生前手を取りて親しかりし時だに、その容を見るに飽かず、その声を聞くをたらずとせし」まさに恋人の死を悼むが如しです。

初版道　　2018年6月23日

谷崎潤一郎は芥川龍之介の依頼により、『新小説』臨時増刊「天才泉鏡花」に『二月堂の夕』を寄稿。芥川によれば、鏡花は自分から谷崎に頼みづらかったそうです。それほど親密ではなかったし、自分の特集号だったこともあるのでしょう。後に鏡花は谷崎の娘の媒酌人を務め、借りを返した形になりました。

(リツイート) 163　　(いいね) 524

芥川は谷崎に「泉さんはどうも自分からは頼み悪(にく)いから、僕から頼んでくれと言ふことです。(中略)なる可く都合して書いて頂けませんか?どうかよろしく願ひます」と丁寧に依頼。律儀な性格がうかがえます。

また芥川は「この間久しぶりに鏡花全集の広告文を作りました。久しぶりと言ふのは「人魚の嘆き」以来だからです」と、かつて谷崎の『人魚の嘆き・魔術師』の広告(「谷崎潤一郎氏は当代の鬼才、筆下に百段の錦繍(きんしゅう)を展(の)べ、胸中に万頼の珠玉を蔵す」から始まる名文)を書いたことに言及。貸しがあることを、さりげなく仄めかしたのかもしれませんね。

初版道　2018年11月4日

鏡花文学を評価する点で谷崎潤一郎は誰にも負けません。何しろ「わが鏡花先生ばかりは、他の誰でもあり得ない。先生こそは、われわれの国土が生んだ、最もすぐれた、最も郷土的な、わが日本からでなければ出る筈のない特色を持つた作家として、世界に向つて誇つてもよいのではあるまいか」ですから。

（リツイート）129　（いいね）463

このように賞賛しつつ、谷崎は鏡花にちょっとした意地悪もしています。二人が芥川龍之介・里見弴と鳥鍋を食べに行った時、健啖家で食べるのが速い谷崎は、よく煮たものでなければ箸を付けない鏡花に食べる暇を与えませんでした。

そこで鏡花は鍋の中に仕切りを置いて「君、これは僕が喰べるんだからそのつもりで」と警告しますが、谷崎はつい忘れてしまい、鏡花が「あツ君それは」と言っても間に合いません。その時の鏡花の困った情けない顔つきがおかしくてたまらないので、谷崎はわざと食べてしまったこともありました。谷崎潤一郎、悪い奴ですね。

初版道 2019年1月20日

泉鏡花は全集の出版記念会で、最初に尾崎紅葉、次に両親の名を挙げて、生きていたらどんなに喜んでくださっただろうと述べ、最後に「それからもう一人番町で、影ながら皆さんにお礼申し上げてゐる者がございます」と妻すゞにも触れました。律儀にして愛情細やか。鏡花の人柄がわかる挨拶だと思います。

(リツイート) 135　(いいね) 521

明治三十六年四月、神楽坂の芸妓だった伊藤すゞを落籍のうえ同棲していた鏡花は、死の床にあった紅葉に呼び出され激しく叱責されました。モデル小説『婦系図』には「さあ、帰れ、帰れ、帰れ！　汚らはしい。帰らんか、この座敷は己の座敷だ、己の座敷から追出すんだ、帰らんか、野郎、帰れと云ふに、其処を起たんと蹴殺すぞ！」とあります。

鏡花の家を出たすゞは、半年後の紅葉の死により晴れて鏡花の妻となりました。師の言葉に従った鏡花を、すゞが恨みに思ったとは考えられません。そして、幼い頃死別した母と奇しくも同じ名前のすゞを、鏡花は終生愛したのです。

初版道 2019年2月7日

泉鏡花は自作が映画化（無声）された時、試写室で「あッ、あの字は違っている」「また違っている」と字幕の誤字にばかり気を取られて、映画の内容をほとんど記憶していなかったとのこと。伝聞を記したものですが、文字に厳しかった鏡花ならありそうな話だと思います。

（リツイート）154　（いいね）587

鏡花と文字について、『鏡花全集』の校正を担当した浜野英二は「先生の文字に対する態度は、いひやうもなく、敬虔かつ厳粛をきはめられた」と書いています。新聞紙を風呂敷の代用にして厳しく小言を言われたそうなので、踏みつけでもしたら大変だったでしょうね。

ところで、鏡花は日本でラジオ放送が始まった大正十四年に出演しています。鏡花曰く「どうもあの器械の前に立つと、声が吸ひとられて了ふようでうまくゆかぬ、やつぱり腹から声を出さず、咽喉から声を出すのでいかんらしい。」この時の写真を見ると少し緊張しているようです。音声は残っていません。

初版道　2018年5月4日

泉鏡花に心酔していた中島敦が「今時の女学生諸君の中に、鏡花の作品なぞを読んでいる人は殆んどないであらうと思われる」と書いたのは昭和8年。しかし85年後の今日でも、難しい鏡花の文章を読もうと努力している女子学生（もちろん男子学生も）が数多く存在することを中島に教えてあげたいと思います。

（リツイート）424　（いいね）1,178

「日本には花の名所があるやうに、日本の文学にも情緒の名所がある。泉鏡花氏の芸術が即ちそれだ。と誰かが言つて居たのを私は覚えてゐる」で始まる『鏡花氏の文章』を書いた前年、中島は東京帝大を卒業しています。卒論のタイトルは『耽美派の研究』。永井荷風や谷崎潤一郎を中心に論じたものでした。

「日本人に生れながら、あるひは日本語を解しながら、鏡花の作品を読まないのは、折角の日本人たる特権を拋棄(ほうき)してゐるやうなものだ」とまで断じているのだから、中島に鏡花で卒論を書いてもらいたかったとも思いますが、『鏡花氏の文章』が読めるだけで幸せです。

初版道 2018年9月6日

伊藤整は「鏡花を読みこなせなければ明治は分らなくなり、明治という時代の中に封じ込められた人間の生命が分らなくなる。やがて鏡花を読むために辞典が作られるような時があっても、鏡花が忘れられる時はないであろう」と。明治150年の今こそ、本格的な「鏡花を読むための辞典」がほしいものです。

（リツイート）321　（いいね）956

泉鏡花の文章が難しく感じられるのは私たちばかりではありません。三十六歳年下の中島敦も、「鏡花世界なる秘境に到達するためには先づ、その「表現の晦渋（かいじゅう）」といふ難関を突破しなければならない」と書いています。

ただ現代人にとっては、中島が指摘する表現以前の問題として、鏡花の文章は語彙の点でも極めてハードルが高いのです。谷崎潤一郎や三島由紀夫も難しい言葉を用いますが、明治を生きた鏡花の場合は「死語」になった言葉が頻繁に登場し、初めて読んですべてを理解できる人は数少ないでしょう。やはり「鏡花を読むための辞典」が欲しいと思います。

初版道　　2018年9月7日

今日は泉鏡花の命日です。戒名は佐藤春夫が「妙文院水月鏡花居士」と「幻妙院鏡花日彩居士」の2案を作成。徳田秋聲が前者を「聊(いささ)か通俗」と評し、後者になりかけたものの、日蓮宗では女性の戒名に用いる「妙」を男性には使わないと指摘され、「幽幻院鏡花日彩居士」に。最も鏡花に相応しい戒名ですね。

(リツイート) 269　(いいね) 622

作家の戒名には「文」が多いようです。例えば、夏目漱石「文献院古道漱石居士」、芥川龍之介「懿文院龍介日崇居士」、中原中也「放光院賢空文心居士」、太宰治「文綵院大猷治通居士」、三島由紀夫「彰武院文鑑公威居士」など、挙げたらまだまだあります。

ところで最近気がついたのですが、尾崎紅葉の戒名は「彩文院紅葉日崇居士」で、鏡花の「幽幻院鏡花日彩居士」と日と彩が共通。こんなに限られた文字数で果たして偶然なのでしょうか。春夫は紅葉の戒名を容易に知ることができたはずだから、鏡花に最後のプレゼントをしたのかもしれませんね。

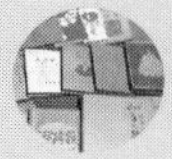

初版道　2017年4月1日

世の中は偏見に満ち溢れているもので、夏目漱石が好きと言って真面（まとも）だと思われ、谷崎潤一郎が好きと言って変態と疑われ、太宰治が好きと言って軟弱だと批判され、三島由紀夫が好きと言って右翼と誤解を受けてきました。しかし泉鏡花が好きと言っても人はまず無反応です。多分よく知らないのでしょうね。

（リツイート）399　（いいね）594

漱石が天才と呼び、谷崎が絶賛し、太宰が若き日に愛読し、三島が高く評価した鏡花ですが、過去から現在まで一部の熱狂的な読者はいるものの、一般的な知名度は低いと言わざるを得ません。『高野聖』や『婦系図』の名前は知っていても、実際に読んだことがある人は国文学科の学生でも限られているでしょう。鏡花文学を愛する者としては残念な話です。

しかし近年、文ストや文アルによって鏡花を知り、その珠玉の作品を読む若い方が少しずつ増えています。教科書からも消えて久しい鏡花が、このような形で「復活」するのは想定外だったけれど、誠に喜ばしいことです。

初版道　2019年6月1日

中学生の時、担任面接で「1番になりたければライバルを持て」と忠告されたので、「1番にはなりたいが人とは競争したくない」と言ったら、「じゃあ、ぶっちぎりのトップになるしかないよ」と。結局、人生でそうなれたのは初版本と署名本の蒐集だけだったけれど、人と競わない人生は気楽でよかったです。

（リツイート）146　（いいね）599

初版道　2020年2月20日

「初版本は買ったら消毒しているのですか？」という質問を受けました。もちろんしていません。逆に汚してはいけないので、初版本に触れる前は入念に手を洗います。それを45年間続けたお蔭で、年は取ったけれど手はすべすべです。

（リツイート）57　（いいね）374

夏目漱石ツイート

初版道　2016年9月21日

留年した学生に「あの夏目漱石だって、落第して進級できなかったことがあるんだよ」と言って励ますのは結構ですが、漱石がその後一念発起して、卒業まで首席を通したことも伝えるべきだと思います。

（リツイート）515　（いいね）481

漱石が落第したのは十九歳の時で、第一高等中学校に在籍していました。落第の理由は腹膜炎で学期末試験を受けられなかったことと、追試を受けなかったことでした。漱石は作家になった後、「初めからやり直した方がいゝと思つて、友達などが待つて居て追試験を受けろと切りに勧めるのも聞かず、自分から落第して再び二級を繰返すことにしたのである」（『落第』）と語っています。

もし追試を受けて安易に進級していたら、漱石の人生も変わっていたかもしれません。ちなみに梶井基次郎は第三高等学校で二度落第し、特別及第で卒業。しかし東京帝大を除籍されています。

初版道 2018年1月2日

夏目漱石は自分宛の書簡をほとんど焼却しましたが、正岡子規の手紙は大切に保管しています。2人が最後に会ったのは明治33年8月根岸庵。明治35年12月、ロンドンで子規の訃報に接した漱石は「手向くべき線香もなくて暮の秋」など5句を作りました。異国の地での漱石の心情は察するに余りあるものです。

（リツイート） 132　（いいね） 376

明治三十八年一月、漱石は『吾輩ハ猫デアル』を子規ゆかりの『ホトトギス』に発表。その単行本中編の序文に次のように書きました。

「子規がいきて居たら「猫」を読んで何と云ふか知らぬ。或は倫敦消息は読みたいが「猫」は御免だと逃げるかも分らない。然し「猫」は余を有名にした第一の作物である。有名になつた事が左程の自慢にはならぬが、墨汁一滴のうちで暗に余を激励した故人に対しては、此作を地下に寄するのが或は恰好かも知れぬ。」

誰よりも子規に『猫』を読んでもらいたかったのでしょう。子規が作家漱石を知らずに世を去ったのは残念です。

初版道 2019年6月11日

夏目漱石の旧蔵書にコナン・ドイルの本はゼロ。ホームズへの言及も皆無ですが、個人授業を受けたクレイグ先生の自宅はベーカー街でした。漱石はホームズを読んだのでしょうか？なお漱石の留学はドイルがホームズを「殺して」いる期間ですが、『バスカヴィル家の犬』が前の事件として発表されています。

(リツイート) 177 (いいね) 465

ホームズ物の執筆に疲れた(飽きた？)ドイルは、明治二十六年に『最後の事件』でホームズが崖から落ちて死んだことを暗示しました。その後、実はホームズが死んでいなかったという『空き家の冒険』を発表したのは明治三十六年。すなわち漱石の帰国後でした。

漱石とホームズの接点は全く見つかっていませんが、二人を登場させた小説はあり、特に山田風太郎『黄色い下宿人』と島田荘司『漱石と倫敦ミイラ殺人事件』は実に良くできています。子どもの頃から漱石とホームズ物を愛読してきた者にとってはまさに夢の競演で、また誰か書いてほしいものです。

初版道　2018年10月22日

夏目漱石は、卒論の口述試験が不出来だった森田草平に「口述試験に惨憺たるものは君のみにあらず」「試験官たる小生が受験者とならば矢張りサンタンたるのみ」「多数の人は逆境に立てば皆サンタンたるものだ」と書いています。落ち込んでいる時にこんな手紙を先生から貰ったら、泣いてしまいそうです。

（リツイート）146　（いいね）535

漱石は謹厳実直で怖いイメージがありますが、弟子には情け深い人物でした。体の弱い林原（岡田）耕三は第一高等学校に合格して漱石に報告したら、「よかったね」とだけ言われ拍子抜け。しかし没後二十五年ほど経って『漱石全集』の日記の一節を見つけます。

「一昨日岡田耕三が来て第一高の仏文学志望の試験を学科の方で及第したが、体格があやしいと云つて落胆してゐたが、新聞を見ると首席で及第してゐた。定めて嬉しからう。」

声を上げて泣いた林原は次のように書いています。「あんな優しい人には二度と遭へないと信じてゐる。」

初版道 2018年8月4日

夏目漱石が“I love you.”を「月が綺麗ですね。」と訳した根拠となる資料は未発見ですが、松山中学の教師時代に「睾丸（こうがん）」の英語を生徒に聞かれ、即答したことは教え子が証言しています。ちなみに、漱石は学生時代に野球をやってボールを取り損ね、睾丸に当てて頻りに「痛い、痛い!」と叫んだそうです。

（リツイート）227　（いいね）534

「夏目漱石が〝I love you.〟を「月が綺麗ですねと訳せ」と教えたのは本当か」という問い合わせを、しばしばメディアから受けます。『英語教師 夏目漱石』を書いた際に調べたのですが、資料がなかったので載せませんでした。刊行後に複数の方から「月が綺麗ですね、が出てませんね」と言われ、改めてこの話が広く知られていると感じました。

ツイートには未発見としましたが、恐らくこれは都市伝説なのでしょう。ではいつ、どこから出てきた話なのか。これについても調査されているようですが、漱石とは直接関係がないので、私はあまり関心がありません。

初版道　2016年12月9日

没後百年の夏目漱石命日にあたり『夢十夜』の「百年待っていて下さい」をよく目にしますが、漱石はこうも書いています。「百年の後百の博士は土と化し千の教授も泥と変ずべし。余は吾文を以て百代の後に伝へんと欲するの野心家なり」（明治三十九年、森田草平宛書簡）。そして野心は現実となりました。

（リツイート）271　（いいね）427

漱石が大学教授よりも新聞社員の身分で作家になる道を選んだのは、当時としては異例なことでした。しかし彼は「教授は皆エラキ男のみと存候。然しエラカラざる僕の如きは殆んど彼らの末席にさえ列するの資格なかるべきかと存じ」と弟子宛に皮肉を書いています。

漱石は大学卒業が遅れ、教職でも遠回りしていたので、友人はもとより後輩でも先に教授になっている者がいました。そういう世界に早く見切りを付けたかったのでしょう。後に博士号の授与を頑なに拒絶した姿からも、漱石の思いが伝わってきます。その彼の意地が文豪漱石を生んだのです。

初版道　2020年4月25日

『吾輩は猫である』の第1回が雑誌『ホトトギス』に掲載された明治38年1月は日露戦争の最中でした。国家存亡の危機にあたり、猫を主人公にして人間社会を風刺するあの小説を書いたところに、夏目漱石の凄さを感じます。コロナ禍の今もまさに国難の時代と言えましょう。傑作の出現を心待ちにしています。

（リツイート）77　（いいね）377

『吾輩は猫である』に以下の文章があります。「東郷大将はバルチック艦隊が対馬海峡を通るか、津軽海峡へ出るか、或は遠く宗谷海峡を廻るかに就て大に心配されたさうだが、今吾輩が吾輩自身の境遇から想像して見て、御困却の段実に御察し申す。」

これが発表されたのは『ホトトギス』の明治三十八年七月号でした。日本海海戦は同年五月二十七日なので、漱石はすぐに連載中の小説に入れたわけです。そして新型コロナウイルスが大流行している今も、もう誰かがこれをテーマにした執筆を始めているのかもしれません。傑作は誕生するのでしょうか。

初版道　2018年12月16日

芥川龍之介によれば、ロシア人のエリセーエフ（後に日本文学などのハーバード大学教授）が夏目漱石に「庭に出た」と「庭へ出た」の違いを尋ねたら、「先生は、俺も分らなくなつちやつたと言つて居られた」とのこと。「分らなくなつちやつた」とは、漱石先生、なんとも可愛いらしい表現ですね。

（リツイート）252　（いいね）826

エリセーエフは東京帝大で学んでいた留学生で木曜会にも参加。漱石の明治四十二年の日記に「エリセフは露人なり。日本語の研究の為に大学の講義をきく由。「三四郎」を持つて来て何か書いて呉れと云ふ」とあります。これに応えて記したのが「五月雨や　ももだち高く　来る人」という句です。

漱石は大正五年に芥川と久米正雄に送った手紙に、「エリセフ君はペテルブルグ大学で僕の「門」を教へてゐるのだから、是には本式の恐縮を表します」と書きました。海外の大学で漱石の作品を取り上げたのは、エリセーエフが最初だと思います。

初版道　2018年5月17日

芥川龍之介は亡くなる２年半前、記者に一番懐かしい人物を聞かれ「それは夏目先生です」と。そして「先生が我儘な位正直な所も宜いですね。それから先生の趣味も好きですね。それから非常に親切だつたことも嬉しかつたですね」と語っています。２人の交流が僅か１年だったことが本当に残念でなりません。

（リツイート）321　（いいね）1,135

漱石は大正五年夏の二週間足らずの間に、芥川へ四通の手紙を送りましたが、その内の三通は久米正雄と連名でした。しかし最後は芥川だけに宛てたもので、三通目の翌日に書いています。

「今芋粥を読みました君が心配してゐる事を知つてゐる故一寸感想を書いてあげます」と冒頭で説明した漱石は、厳しく批評する一方で十分に褒め、そして激励しました。芥川が『新小説』という有名な雑誌に初めて執筆した小説の出来を案じていることを知って、漱石はこれを書いたのです。「非常に親切だつた」と語った時、芥川はこのことを思い出したのかもしれません。

初版道　　2020年4月3日

新型コロナウイルスに最高の警戒が必要なのは当然ですが、過度のストレスは免疫力を弱めるので注意してください。「恐るべき神経衰弱はペストよりも劇しき病毒を社会に植付けつつある。」夏目漱石の言葉です。

（リツイート）658　（いいね）1,150

漱石が「国民的作家」として近代作家の頂点にいる理由の一つに、今も引用に値する優れた文明批評家でもあったことが挙げられると思います。明治の日本が近代化を急ぐ中で、失われていくもの、置き去りにされていくものを、漱石は優れた知性と留学経験などにより正しく認識していました。

ただ、漱石の言葉が今も私たちの心に響くとしたら、それは現代社会のひずみが百年以上前の日本と共通性を持っているからかもしれません。「然しこれからは日本も段々発展するでせう」「亡びるね」という『三四郎』の中のやり取りが、何やら気になる今日この頃です。

初版道　2020年2月10日

夏目漱石の所在不明の自筆原稿には①現存するかわからないもの（『夢十夜』など）と、②現存するが所蔵者が確認できないもの（『坊っちゃん』など）があります。①は芥川龍之介『羅生門』、梶井基次郎『檸檬』、太宰治『走れメロス』、中島敦『山月記』など他の作家でも。奇跡の発見があることを望みます。

（リツイート）120　（いいね）420

漱石の自筆原稿で①に該当するものは、他に『行人』や、『倫敦塔』に代表される初期の作品群があります。没後すぐに全集が編まれ、弟子たちによって原稿の所在が調査された漱石は、近代作家の中では例外的に原稿が残っている方で、弟子の芥川の方がずっと散逸してしまいました。

②は現存が確実なだけに深刻な問題です。廃棄されてしまう可能性もゼロではないし、きちんと保存しないと原稿用紙が劣化し、インクの褪色も進みます。個人所蔵の場合、公開は難しいこともありますが、所在だけは確認するシステムの構築が急務だと思います。

初版道 2020年4月5日

免疫力を高めるために家で意識してやっていること
①古本を買う②古本を読む③古本のグラシンを巻き直す④古本を並び替える⑤古本についてツイートする
以上です。

(リツイート) 87 (いいね) 453

初版道 2020年4月13日

某テレビ局の報道部から「古本屋の現状を知りたいので、今、危ない所を教えてほしい」と聞かれたので、「それは神保町のA書店の主人でしょう。今も昔も危ないですよ」と答えたら、「そういう危ないではなくて」と説明し始めたので黙って電話を切りました。「無礼者！」と言ってから切るべきでした。

(リツイート) 7,054 (いいね) 1.8万

その他の文豪ツイート

初版道　2017年8月22日

今日は島崎藤村の命日です。その墓は大磯町の地福寺と故郷馬籠の永昌寺（遺髪と遺爪）で、後者には前妻フユと『破戒』前後に夭折した三人の娘の墓が寄り添うように。墓碑は大磯が「島崎藤村墓」、馬籠が「島崎春樹墓」。藤村は文豪ではなく一人の父親として、幼子と永遠の時を過ごしているのでしょう。

（リツイート）132　（いいね）276

墓の前に立って胸が熱くなる作家は、永昌寺の島崎藤村と函館立待岬の石川啄木です。ただし両方とも作家本人ではなく、共に眠る不遇な一生だった家族を思い涙するのです。

啄木が亡くなった時に妊娠していた妻節子は、出産の後に二人の幼子を残して死去。その少し前、節子は啄木に焼却を命じられていた日記を宮崎郁雨に託しました。彼女にとって悪いことも書かれているのに、「愛着」がそうさせたそうです。節子が守った日記は啄木の文学的評価を一層高めました。若き日に「愛の永遠性なると言ふ事を信じ度候」と語った節子は満足しているでしょう。

初版道　2017年2月4日

徳田秋聲は泉鏡花の没後、文豪の初期の作には幼稚なものも多いが、鏡花は例外で、「しかも其の天分は老年に迨(およ)んでも涸渇しなかつたのである。この点から言へば確かに天才だと言へる。」と讃えました（『天才泉鏡花』）。一度は絶交した同門の秋聲に褒められたことが、泉下の鏡花は嬉しかったでしょう。

（リツイート）125　（いいね）403

鏡花は秋聲よりも年下でしたが、紅葉門下では先輩にあたり、その師への敬愛の念の差が不仲の原因となりました。しかし、鏡花の弟斜汀が秋聲の経営するアパートで亡くなったことにより、長年の断絶は解消されたのでした。

それから六年後に鏡花死去。里見弴によれば、死に目に会えなかった秋聲は「駄目ぢやアないか、そんな時分に知らせてくれたつて！」と怒ったそうです。葬儀の写真を見ると、祭壇に近い順に秋聲・谷崎潤一郎・佐藤春夫・里見弴と並んでいます。紅葉門下四天王の中で、小栗風葉と柳川春葉は既に世になく、最後に残ったのは最年長の秋聲だったのです。

初版道　2019年1月13日

「これだから平成生まれは」とか「昭和は無理」と世代間ギャップに元号を用いるのは、別に目新しい表現ではありません。「明治ツ児と大正ツ児とでは感覚に大変な相違がある」と徳田秋聲も語っていますから。

(リツイート) 896　♡ (いいね) 1,765

そう言いつつも、秋聲は後輩の面倒見が良い人だったようで、「大正ツ児」ではありませんが、谷崎潤一郎の回想がそれを証明しています。谷崎によれば、秋聲は泉鏡花を紹介してくれた時に「ねえ、泉君、君は谷崎君が好きだろ?」と話し、「後進を労はる老芸術家の温情がにじみ出てゐるやうに覚えた」そうです。

さらに鏡花の告別式の折も、秋聲は参列者や会葬者の顔を見ながら、谷崎に「あれが紅葉先生未亡人」などと「三十年前のあの時のやうな優しさと温情を以て」耳元で囁いてくれました。たとえ感覚は世代間で違っても、人の情は必ず伝わることを秋聲は教えてくれます。

初版道 2015年8月3日

昔、某テレビ局から「金魚を一匹突き殺す」で有名な「金魚」を謎解きに使うドラマのため、北原白秋『トンボの眼玉』の貸出し依頼が。復刻本で誤魔化さない態度に感心し初版函欠本を貸しました。放映を見たら、主人公が本を180度開脚するもこれは想定内。しかし本に書込みされたのは想定外でした。

(リツイート) 4,038 ♡ (いいね) 2,403

想定外なことはもう一つあって、中学校の図書館の蔵書という設定だったので、本に架空の蔵書印が捺されていました。蔵書印がテレビに映ったのは一秒足らずで、捺されたページの裏からの撮影でした。そこまで演出にこだわるのは立派だと思いますが、借りた物であることだけは忘れないでほしかったです。

ところで、このドラマがYouTubeにアップされていることを最近になって知り、久しぶりに見てみようかと迷いましたが、過去の不快感が蘇ってきそうなのでやめました。返却無用と啖呵を切った『トンボの眼玉』は、恐らくこの世にはもう存在しないと思います。

初版道　　2018年5月29日

今日は今年が生誕140年の与謝野晶子の命日です。晶子は夫鉄幹を終生愛し、晩年も「神田より 四時間のちに 帰るさへ 君待ちわびき われはとこしへ」と詠みました。「今日もまた すぎし昔と なりたらば 並びて寝ねん 西の武蔵野」晶子の墓に刻まれたこの歌の通り、2人は並んで永遠の眠りについています。

（リツイート）128　（いいね）354

晶子は『みだれ髪』で短歌の革新と女性の恋愛の開放をなし、生涯五万首とも言われる短歌を作っただけではありません。女性の地位向上や子どもの人権を唱え、文化学院で教育を実践し、『源氏物語』など数多くの古典を翻訳しています。

さらに晶子は妻として夫を献身的に支え、十一人の子どもの教育を立派に果たしました。まさに超人的な人物であり、次の次の紙幣には晶子を入れてほしいものです。「君死にたまふことなかれ」を作ったことが逆風になっているとされますが、それは明らかにおかしいと思います。令和の時代にふさわしい平和を願う歌なのですから。

初版道　2018年3月8日

数年前、ある高校国語教科書に江戸川乱歩『押絵と旅する男』が採録され拍手喝采を送ったものの、すぐに消えました。理由は高校の先生からの評判が良くなかったとのこと。教科書教材の選定では常に教師の意見が重視されますが、生徒の意見も「教育現場の声」だということを、忘れないでほしいものです。

（リツイート）395　（いいね）761

こういうことがあると、出版社側は定番の教材を重視する傾向が強くなります。それは教師にとっても生徒にとってもマイナスなのですが……。

ちなみに、ツイッターで「以下に挙げるのは、高校国語教科書によく採録される「定番小説四天王」です。一番好きな作品はどれですか？」という投票を行ったら次の結果になりました。投票総数が四万二千四百二十二票もあったので、信頼性の高い順位だと思います。

37％　中島敦『山月記』
29％　夏目漱石『こころ』
26％　芥川龍之介『羅生門』
8％　森鷗外『舞姫』

初版道　2017年10月8日

高村光太郎や三好達治の翼賛詩について、「国を愛する純粋な思いから作られたもの」という同情論があり、恐らくそれは事実なのでしょう。しかし「これがあの『智恵子抄』や『測量船』と同じ詩人の作品なのか」と思わざるをえない翼賛詩の数々は、戦争が人を狂気に追い込む事実をも後世に伝えています。

（リツイート）152　（いいね）347

戦争翼賛（協力）詩は、傑作か駄作か以前の問題を孕（はら）んでおり、例えば三好の『アメリカ太平洋艦隊は全滅せり』を翼賛詩という観点を除いて批評する人はほとんどいないでしょう。そしてそれを書いた事実が、三好の詩人としての栄光に暗い影を落としているのです。

もし、宮沢賢治や中原中也や立原道造がこの時代に生きていたら、翼賛詩を書かなかった保証はないと思います。そしてそういう作品が残っていたら、彼らの今日の人気も少し違ったものになっていたかもしれません。ここでは第二次世界大戦より前に彼らが亡くなったことが幸いしたのです。

初版道　2019年2月6日

三島由紀夫の自衛隊市ケ谷駐屯地バルコニーでの演説は、隊員の怒号とヤジで聴き取るのも容易ではありません。後に野上弥生子は「私がもし母親だつたら、『何でマイクを忘れたの？』とその場に走つて届けに行つてやりたかつたでせうよ」と語りました。「三島事件」に関する誰のコメントよりも涙します。

（リツイート）129　（いいね）447

自衛隊員がヤジや罵声を浴びせたのは、総監室占拠という三島の行動への怒りがあったからだと思います。またその場にいた多くの人は、まさか本当に三島が自殺するとは想像していなかったようで、「死を賭けた言葉ならば、静かに聴いてやればよかった」と後で感想を漏らした自衛隊員もいたそうです。

三島自身にとっても、こんな状況は予想外、計算外だったでしょう。それは演説が予定時間よりも短く、十分程度で終わったことからもわかります。総監室に戻って「仕方なかったんだ」と誰にともなくつぶやいたという三島。稀代の天才のあまりにも悲しい終焉でした。

初版道　2020年5月22日

中学生の時、作文で一生と生涯の両方を使ったら「同じ意味の言葉は一つにしなさい」と先生に言われました。そこで「三島由紀夫は2.3行ごとに同じ言葉が出てこないように注意して「病気」と書いたら次に「やまひ」と書こうとしたそうです」と話したら「お前は三島ではないだろ」と。残念な先生でした。

（リツイート）172　（いいね）869

三島はさらに「例へば「彼女は理性を軽蔑してゐた」と書くべきところを、「彼女は感情を尊敬し、理性を軽蔑してゐた」といふやうに書くことを好みます」としています。同じ言葉を避けるのと違い、こちらは誰もが真似できることではないでしょう。

ところで、三島は大蔵省勤務時代に大臣の演説の草稿を書き、課長に文章が下手だと言われ、上司が根本的に直した文章は「感情や個性的なものから離れ、心の琴線に触れるやうな言葉は注意深く削除され」ていたそうです。三島が早くに大蔵省を辞めたことは、日本の近代文学にとって誠に幸運だったと思います。

初版道 2017年3月30日

本を読むのにも「体力」が必要なことを、40歳を過ぎて知りました。だから長編小説は若いうちに読んだ方がよいでしょう。ただし近代文学の名著とされる中で、島崎藤村の『夜明け前』と志賀直哉の『暗夜行路』は、若くても体力、いや忍耐力が必要だと思います。個人的には、過去に戻れたら読みません。

（リツイート）488　（いいね）493

先日「本を読まないで語彙力がアップする方法はありますか」という質問を受けたのですが、本を読んで語彙を増やした人間なので、「谷崎も芥川も太宰もみんな読書家だったのですよ」と期待に反する回答しかできませんでした。

しかし、その本を読むのもしんどい年齢になりました。昔は「あー、啄木が死んだ年齢を超えてしまった」という感慨があり、その対象が中也になり、芥川になり、太宰になったものですが、漱石を超えたあたりからは何も考えなくなって、気がつけば朔太郎も超え、鷗外すら射程内に。誠に少年老い易く学成り難しであります。

初版道　2017年9月12日

初出単行本が増刷されなかった（初版本のみ）名著　国木田独歩『武蔵野』泉鏡花『高野聖』石川啄木『一握の砂』高村光太郎『道程』萩原朔太郎『月に吠える』宮沢賢治『春と修羅』『注文の多い料理店』中原中也『山羊の歌』梶井基次郎『檸檬』売れることが必ずしも名作の証明にならないわけですね。

（リツイート）164　（いいね）308

増刷されなかっただけでなく、『道程』は二百部しか作らなかったのに大量に残り、残部を改装して売っています。また千部も作った『注文の多い料理店』はほとんど売れず、小学校の運動会の景品に寄贈したほどで、それでも賢治没後に倉庫から百冊くらい発見されました。

言うまでもなく、ここに挙げたのは増刷されなかった名著のほんの一部です。逆に百版を超えるベストセラーになりながら、今日では新刊本で読むことが不可能な作品も数多くあります。どちらが著者にとって幸せなのかは存じませんが、古本の世界では前者の方が遥かに珍重されることだけは確かです。

※ 表紙と口絵の自筆原稿・初版本などは、すべて著者所蔵品です。

※ 引用文も含め、難読漢字にルビを振りました。

※ 本書に記載されているツイートの「リツイート」と「いいね」は、
令和２年６月１日現在の数です。

140字の文豪たち

2020年7月10日　初版第1刷印刷
2020年7月20日　初版第1刷発行

著　者　川島幸希
発行人　町田太郎
発行所　秀明大学出版会
発売元　株式会社SHI
〒101-0062
東京都千代田区神田駿河台 1-5-5
電　話　03-5259-2120
FAX　03-5259-2122
http://shuppankai.s-h-i.jp
印刷・製本　有限会社ダイキ

ISBN978-4-915855-37-5